어른이 되어 그만둔 것

결점 고치기를 그만두다

나이를 먹으면서
남들 눈을 의식하는 일이
피곤해지기 시작했다

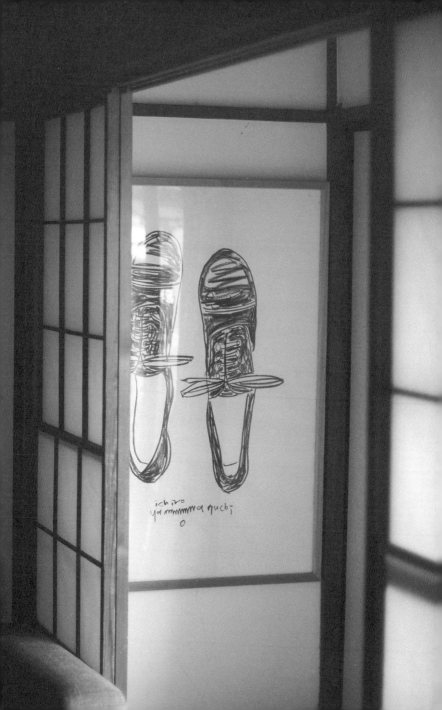

'쓸데없이 열심히'를 그만두다

슬슬 지겹네, 하는 생각이 든다면
몸이 보내는 신호라고 생각할 것
억지로 버티려 하지 말고
몸에 리듬에 따라 휴식할 것

내일 할 일을 앞당겨 하기를 그만두다

해야 할 일의 10퍼센트는 남겨두고
깔끔하게 셔터를 내리는
단호함이 이젠 필요하다

혼자 도맡아 하기를 그만두다

도와달라는 부탁을 하지 못했다
내가 못한다는 걸 인정하기 싫어서

밤에 일하는 습관을 그만두다

아무것도 하지 않는 저녁을
나에게 선물해본다
다음 날 아침의 개운함도 함께

'그래도 남들만큼'을 그만두다

남들만큼 살려고 쫓아가다 보면
남들처럼 똑같이 살 수밖에 없다

남들 의견에 묻어가기를 그만두다

과감히 말해보고 느낀 것은
'어? 이렇게 말해도 괜찮은 거구나!'

넓고 얕은 인간관계를 그만두다

억지로 모임에 나가봐도
오지 말걸 그랬어, 하고
결국 후회하게 되니까

'장비병'을 버리다

뭔가를 사는 것만으로 나는 달라지지 않는다
내가 좀 달라질지도 몰라, 하는
기대와 착각을 사는 것뿐

완벽한 청소를 그만두다

100점짜리 청소는 못 하더라도
80점을 매일 유지하는 게 훨씬 낫다

결심하기를 그만두다

나는 의지의 힘을 믿지 않는다
습관을 갖게 하는 시스템을 신뢰한다

예쁘고 불편한 구두 신기를 그만두다

발이 피곤하면 만사가 피곤한 법
편하면서도 스타일리시한 신발을 골라보자

중요한 일 앞두고 쇼핑하기를 그만두다

딱 이거다 싶은 옷을 만나기 전까진
지갑을 열지 말 것
급하게 산 옷은 한 번밖에 안 입게 되니까

인생의 정답 찾기를 그만두다

행복은 모든 조건이 갖춰져야
'완성'되는 것이 아니다

어른이 되어 그만둔 것

차
례

들어가며 022

Part 1

일
－
쓸데없는 완벽주의는 그만

mini essay 1

한수희_우아하게 실패하는 법 028

1. 결점 고치기를 그만두다 032

2. 완벽한 준비를 그만두다 038

3. '쓸데없이 열심히'를 그만두다 044

4. 내일 할 일을 앞당겨 하기를 그만두다 050

5. '조금만 더'를 그만두다 056

6. 혼자 도맡아 하기를 그만두다 062

7. 밤에 일하는 습관을 그만두다 068

8. 손편지 쓰기를 그만두다 074

9. 스크랩과 북마크를 그만두다 080

10. 의무적인 신문 구독을 그만두다 086

column

어른이 되어 시작한 것 1_일기 대신 메모를 쓰다 092

Part 2

관계 — 무리하는 것은 그만

mini essay 2

김훈비_오해 풀기를 그만두다 096

11. '그래도 남들만큼'을 그만두다 100

12. 남들 의견에 묻어가기를 그만두다 106

13. 넓고 얕은 인간관계를 그만두다 112

14. 칭찬을 기대하는 마음을 그만두다 118

15. 하루의 반성을 그만두다 124

16. 정면 돌파를 그만두다 130

17. 목적에 충실한 삶을 그만두다 136

18. 인생의 정답 찾기를 그만두다 142

column

어른이 되어 시작한 것 2_다른 사람들의 능력을 활용하다 148

Part 3

일상 - 넘치게 준비하는 것은 그만

mini essay 3

이유미_삶이 개운해지는 포기의 맛   152

19. '혹시 몰라서' 하는 준비를 그만두다   156

20. 유기농 집착을 그만두다   162

21. '장비병'을 그만두다   168

22. 앤티크 소품 수집을 그만두다   174

23. 완벽한 청소를 그만두다   180

24. 헬스장 등록을 그만두다   186

25. 고급 리넨 사치를 그만두다   192

26. 자유분방한 소비 습관을 그만두다   198

27. 결심하기를 그만두다   204

column

어른이 되어 시작한 것 3_제철 과일로 잼을 만들다   210

Part 4

스타일 — 피곤한 겉치레는 그만

mini essay 4

신예희_자기관리의 방식을 바꾸다　　　　　　214

28. 피부 화장을 그만두다　　　　　　218

29. 예쁘고 불편한 구두 신기를 그만두다　　　　　　224

30. 비싼 속옷 구입을 그만두다　　　　　　230

31. 멋 부린 티가 나는 멋내기를 그만두다　　　　　　236

32. 매일 구두 닦는 습관을 그만두다　　　　　　242

33. 중요한 일 앞두고 쇼핑하기를 그만두다　　　　　　248

34. 추리닝 생활을 그만두다　　　　　　254

column

어른이 되어 시작한 것 4_셔츠를 넣어 입다　　　　　　260

나오며　　　　　　262

들
어
가
며

아이들은 자라는 동안 여러 가지를 배워가면서 스스로 행동할 줄 알게 됩니다. 지식을 늘리고 경험을 쌓으며 '할 수 있는 것'과 '아는 것'이 늘어나지요. 저도 어린 시절엔 언제쯤 모든 것을 다 알게 되는 걸까, 그 골인 지점엔 언제 도달하는 걸까 궁금했어요.

하지만 쉰이 되고 인생의 절반을 지날 무렵부터 '아~ 그랬던 거구나!' 하고 무릎을 치는 일이 늘어났어요. 너무도 당연하게 여겼던 일이나 이미 안다고 생각했던 일에서도 새롭게 눈을 뜨면서 그렇구나, 하고 깨닫게 됐습니다. 그런 체험은 내가 고민하던 무언가가 한순간에 번뜩 하고 납득이 되는 느낌이라 꽤 기분이 좋았지요. 사소하지만 구체적인 일상의 작은 깨달음이랄까요.

아무리 애쓴다 해도 내 결점은 고쳐지는 것이 아니구나, 작정하고 멋을 내기보다는 평범한 옷을 입었을 때 좋은 느낌을 주는구나, 시트는 리넨 소재만 고집했는데 코튼도 나름 괜찮네, 하는 사소한 인생 후반의 깨달음은 서랍장을 모두 뒤집어 보면서 '음… 이건 어떤 것이었지?' 하며 그 의미와 가치를 다시 생각해보게 하는 작업이었어요.

젊었을 때는 끝없이 펼쳐지는 세계 속에서 조그마한 내 존재의 의미를 찾는 것만으로도 벅찼습니다. 막연한 세계에 나를 맞추려고 애썼지요. 하지만 나이가 들수록 세계는 생각보다도 훨씬 더 불확실하다는 사실을 깨닫게 되어요. 그러다 보니 잣대를 나 자신에게 둘 수밖에 없겠다 싶은 생각이 들었습니다. 그렇게 서랍 속 물건들을 재정의하면서 저의 50대는 시작되었습니다.

그런 작업을 하는 동안, 젊은 시절부터 '이건 꼭 필요해'라며 고수하던 원칙이나 습관이 사실은 꼭 필요치 않을 수도 있겠다 싶었어요. 일에 대해 무리하게 애쓰던 강박을 버리기, 음식이나 패션에 대한 집착을 버리기, 일상에 자리 잡은 여러 불필요한 습관을 그만두기…. 그렇게 제 삶 속에서 하나둘씩 '그만둔 것'을 이 책에 담았습니다.

'그만둔 것'에는 반드시 이유가 있습니다. 그만두기까지의 과정은 제가 어떤 것에 대해 더 깊이 알고, 이해하며, 재정의하는 과정이기도 했어요. 그리고 여러 가지를 그만둘 때마다 몸과 마음은 점점 가벼워졌습니다.

무언가를 그만두는 것은 스스로에게 솔직해지는 일이었습니다. 말하자면 제가 제 자신으로 살기 위한 인생 후반의 대청소였던 것 같아요. 그 이야기를 이제 독자 여러분과 나누고 싶습니다.

일 － 쓸데없는 완벽주의는 그만

우아하게 실패하는 법

- 한수희《무리하지 않는 선에서》등 저자) **-**

대학을 졸업한 후 거의 쉬지 않고 계속해서 일을 해왔다. 몇 개의 회사를 다니면서 30대를 맞이했고, 결혼을 하고 아이를 둘 낳은 뒤부터는 프리랜서로 닥치는 대로 일을 했다.

　그러나 나는 일과 도무지 친해질 수가 없었다. 일할 때는 놀고 싶었고 놀면서는 일 걱정을 했다. 일요일 오후가 되면 마음 깊은 곳에서 광천수 같은 우울감이 콸콸 솟아올랐고 월요일 아침이면 살기가 싫어졌다. 일과 사생활을 분리하기 위해 애썼지만 나는 전형적인 일 중독자, 일의 노예였다.

그건 일을 좋아해서가 아니라 일을 못할까 두려웠기 때문이다. 못한다는 소리를 듣고, 상사에게 깨지고, 남들 앞에서 망신을 당하고, 회사에서 잘릴까 봐 두려웠다. 나는 실패하고 싶지 않았고 실패자가 되고 싶지 않았다. 그것이 내가 가진 근원적인 공포였다.

어떤 면에서 일은 내게 연애와 비슷했다. 일하지 않는 상태를 견디기 힘들어 아무 일이나 닥치는 대로 하며 제살을 깎아 먹었다. 때로는 내가 한 것보다 더 많은 것을 받기를 원했고, 때로는 나를 제대로 대접해주지 않는 직장에도 꾸역꾸역 나갔다. 일을 좋아해서가 아니라, 일을 통해 나라는 불확실한 존재를 확인받고 싶은 마음에 일에 목을 맸다. 내게 일은 나쁜 남자 같은, 뜻대로 되지 않는 연애였고, 나는 그런 남자에게 질질 끌려 다니는 불쌍하고 어리석은 여자였다.

　정신없이 30대를 보내고 40대가 된 지금도 나는 일 생각을 가장 많이 한다. 달라진 게 있다면 이제는 일과 사생활을 분리하려 발버둥치지 않는다는 것이다. 일과 사생활을 분리한다는 건 샴쌍둥이를 분리하는 것이나 마찬가지다. 그런 건 꿈도 꾸지 않는다.

　건강한 삶이란 일과 사생활을 억지로 분리하지 않는 상태라고 생각한다. 여전히 놀 때도 일 생각을 하고 그 일을 더 잘하기 위한 방법을 찾아 헤매지만, 그것은 내게 놀이와도 같다. 그게 놀이일 수 있는 이유는 내가 좋아하는 일을 하고 있기 때문이다. 때로는 먹고살기 위해 싫어하는 일을 해야 할 때도 있는데, 그럴 때는 그 일에서 내가 좋아할 만한 구석을 찾기 위해 노력한다.

좋아하는 일을 계속하기 위해서, 못하고 싫어하는 일은 가급적 하지 않기 위해서, 좋아하는 일을 열심히 한다. 마음을 다해서 열심히 한다. 정해진 규칙이 없기 때문에, 감시하는 사람이 없기 때문에, 보장된 미래가 없기 때문에 나는 더 열심히 일한다. 하지만 또, 나는 평생을 일해야 하기 때문에 적당히 하는 법도 배워야 한다.

일을 하면서 나는 속도를 늦추는 법을, 마음을 모조리 다 주지 않는 법을, 아니 마음을 다 주고도 그 마음을 돌려받지 못할 것을 각오하는 법을, 그러니까 실패하는 법을 배우고 있다. 실패에 의연해질 수 있는 자세를 배우고 있다. 우아하게 넘어지는 법을 배우고 있다. 넘어진 뒤에도 툭툭 털고 일어나서 다시 달릴 수 있는 법을 연습하고 있다. 아아, 일은 어쩜 이다지도 연애와 비슷한지.

1. 결점 고치기를 그만두다

나이를 먹으면서
남들 눈을 의식하는 일이
피곤해지기 시작했다

젊었을 때부터 저는 줄곧 소심한 사람이었어요. 모범생 타입이라 모두에게 칭찬받고 싶어 했지요. "그건 좀 그런데…" 하고 지적이라도 받으면 '내가 왜 그렇게 했지? 하지 말걸', '나는 이래서 안 돼', '다들 나를 싫어하게 되면 어쩌지' 하고 끙끙대며 속을 태웠어요. 이런 일이 있을 때마다 종일 마음에 걸려 기분은 우울해지고 '나란 사람은 어째서 이렇게 소심한 걸까?'라며 대범하게 살아가는 사람들을 부러워했습니다.

대체 저는 왜 이렇게 소심한 걸까요? 그건 내 잣대가 나의 밖에 있기 때문이었습니다. 학창 시절에는 선생님에게 칭찬받기 위해 공부했고, 사회생활을 시작하고는 상사에게 인정받으려고 일을 했어요. 프리랜서 작가가 되고부터는 편집자에게 좋은 평가를 받기 위해 애썼지요. '나 스스로 괜찮다고 생각하면 되는 거야!'라고 몇 번이고 그 잣대를 내 안으로 돌리려고 했지만, 어느새 '그 사람은 이걸 어떻게 생각하고 있을까?' 하고 남의 눈치를 살피는 제 모습이 보였습니다.

취재를 하며 여러 사람들을 만나보니 이렇게 이야기하는 분들이 많았습니다. "남들 눈은 별로 신경 쓰지 않아요." "전 그냥 제가 좋아하는 일을 합니다".

그렇게 단호한 의지를 가진 사람들의 이야기를 들을 때마다 나는 저렇게는 안 되겠구나 싶어서 풀이 죽고는 했지요. 남들에게 신경 쓰며 사는 것이 점점 커다란 콤플렉스가 되어 '어떻게 하면 이 결점을 고칠 수 있을까?' 하고 계속 고민했어요.

다행히도 나이를 먹으면서 점차 남의 눈을 의식하는 일이 피곤해지기 시작했습니다. 늘 주변 말들에 신경 쓰며 안테나를 세우고 있을 만큼의 체력이 안 되는 탓인지도 모르죠. 그러다 보니 요즘은 자연스레 '뭐, 어쩔 수 없지'라고 생각하게 됐어요.

하지만 결정적 순간이 되면 역시나 소심한 저의 얼굴이 드러납니다. 몇 번이고 고쳐보려고 애쓰다가 좌절하면서 저는 깨달았습니다. 소심함은 고칠 수가 없다는 것을요. 다른 사람의 눈을 의식하게 되는 마음은 의지만 갖고는 극복할 수 없었습니다.

프리랜서 작가인 저는 취재하면서 사람들의 이야기를 듣는 것이 일입니다. 인터뷰를 할 때 가장 중요한 건 질문을 던진 후에 침묵하는 것이지요. 말수가 적은 사람은 무엇을 물어도 "음…" 하고 망설일 뿐, 답이 쉽게 돌아오지 않을 때가 많아요. 어색하게 흐르는 침묵의 시간을 견디기 힘들어서 저도 모르게 "그건 이런 뜻인 거죠?" 하고 짐작한 답을 먼저 말해버릴 때가 있습니다.

그런데 이렇게 하면 상대방에게서 진짜 이야기를 끌어낼 수가 없어요. 그래서 꾹 참고 가만히 기다립니다. 그러면 상대방은 자기 안에서 생각을 거듭한 후에 툭 속내를 털어놓기도 합니다. 그런 말은 정말이지 그 사람만이 할 수 있는 이야기예요. 그것을 얼마나 잘 끌어내느냐에 따라 원고의 완성도도 결정되는 것 같습니다.

이렇게 말하는 이 사람의 일상에는 어떤 시간이 흐르고 있는 걸까? 이 사람의 이 마음은 어디서 생겨난 걸까? 저는 누군가의 이야기를 들을 때는 가급적 제 자신으로부터 벗어나 귀를 기울입니다. 그러기를 거듭하다가 문득 깨달았습니다.

지금 이 모습은 내 안의 '소심 스위치'가 켜졌을 때와 같은 상태가 아닐까. 내가 아니라 상대방이 어떻게 생각하고, 어떻게 느끼며, 어떤 시간을 보내고 있는지를 온몸을 열고 생생히 느끼는 것. 제 인터뷰에는 저의 그런 소심함이 도움이 되는 것 아닐까 하고 말이죠.

남의 눈을 의식하는 것은 어떻게 보면 '다른 사람의 마음에 내 마음을 겹쳐보는 일'입니다. 살짝 표현을 바꿔보니, 결점이라고 여기던 것이 어쩌면 장점인지도 모르겠다는 생각이 들었어요.

사람의 결점이란 스스로도 알아차리지 못하는 사이에 '무심코 저질러버리는 일'을 말합니다. 쉽게 화를 내거나, 조급하게 굴거나, 걱정을 지나치게 하거나, 낯을 가리는 등 무의식적으로 나오는 행동을 그만두려고 해도 쉽지 않지요.

그렇지만 스스로 싫다고만 여기던 그 결점을 반대로 생각해보면 어떨까요. 성격이 급한 사람은 '추진력이 있고', 걱정이 많은 사람은 '신중하고', 낯을 가리는 사람은

'섬세하며 차분한' 사람이라고요.

　내 성격은 왜 이럴까 한탄하기 전에 그 결점 속에 미처 몰랐던 잠재력이 숨어 있다고 믿는다면, 앞으로 가능한 일들을 찾아낼 수 있을지도 모릅니다.

2. 완벽한 준비를 그만두다

제대로 알고 나서 시작하겠다고
고집한 이유는 '틀리기 싫어서'였다

몇 년 전에 개인 웹사이트 '바깥의 소리, 안의 향기'를 시작했습니다. 제철 꽃을 진열해둔 꽃집이나 맛있는 빵을 내놓는 빵집처럼, 제가 재미있다고 생각한 주제로 글을 쓰고 그것을 읽으러 와주는 분들을 위해 가게 같은 공간을 만들고 싶었거든요.

다만 어떻게 하면 사이트를 만들 수 있는지, 이 사이트를 통해 어떻게 수익을 낼 수 있는지는 잘 몰랐습니다. 기사를 작성하려면 취재를 나가거나 카메라맨에게 일을 맡기는 데 비용이 들어요. 어떤 일이든 오래 지속하려면 역시 '이익을 창출할 수 있는 시스템'을 만들어야 하지요.

그런데 아무리 생각해도 방법을 모르겠는 거예요. 친구들은 "유료 콘텐츠를 만들면 어때?" 하고 권했지만, 그건 뭔가 좀 아닌 것 같았습니다. 계속 생각해도 뚜렷한 답이 나올 것 같지 않았어요. 그렇다면 일단 시작해보자는 마음으로 출발했습니다.

마침 같은 시기에 여러 비즈니스를 시작한 분의 이야기를 들을 기회가 있었어요. 그분과 이야기하며 아무리 큰 비즈니스를 하는 사람이라도 처음에는 아무것도 모르고 시작했다는 사실에 상당히 놀랐습니다. 그렇구나, 무언가를 시작할 땐 다들 방법이나 길을 잘 모르는구나. 저로서는 신기한 깨달음이었지요.

　작년에 잡지 〈생활의 배꼽〉 취재차 홋카이도에서 우에마쓰전기를 경영하는 우에마쓰 쓰토무 씨를 만나 이런 말씀을 들은 적이 있습니다.

　"인간은 해본 적 없는 일만 맞닥뜨리게 됩니다. 한 번밖에 살지 못하니까요. 모두 처음이자 한 번뿐인 인생을 연습 없이 살고 있는 거예요."

　젊었을 때는 인생 어딘가에 '정답'이 있고 모두 그것을 향해 걸어가는 것이라 믿었어요. 하지만 서른이 되고 마흔이 되어도, 정작 쉰이 되어도 정답은 좀처럼 보이지 않았습니다. 어쩌면 정답 같은 건 없는 게 아닐까? 쉰이 넘으면서 겨우 깨닫기 시작했습니다. 제가 참 느리지요.

그렇게 생각하고 보니 모든 일이 '모른다'에서 시작하네요. 저는 아이가 없어서 모르지만, 분명 아이 기르는 일도 그렇지 않을까 싶어요. 어떻게 키우면 좋을지는 육아를 해가면서 알 수 있을 거예요. 결혼 역시, 생판 남남이던 남자와 여자가 함께 생활하고, 서로에 대해 배려하면서, 때로는 '역시 말해봐야 알아주지 않는구나' 하며 실망하고, 그럼에도 함께 인생을 걸어가는 과정에서 싹트는 무언가가 있는 것이지요.

일도 마찬가지로 회사에 들어가서 어떤 일을 하게 될지 입사할 때는 구체적으로 알 수 없고, 자신에게 주어진 일의 의미나 가치 역시 스스로 만들어가는 것일지 모릅니다.

'알고 나서 시작하기'를 백지로 돌려보자 인생을 마주하는 방식이 달라졌습니다. 알지 못하지만 한걸음 내딛기 위해서는 몇 갈래의 길 중에서 '여기!' 하고 하나를 선택해야만 해요.

그런데 이것이 실은 쉬운 일은 아니거든요. 그 길이 정말 맞는지, 혹시 틀리진 않았는지 모르니까요. 그럼에도 자신을 믿고 정한 쪽으로 발을 내딛는 거지요. 그것은 틀릴지도 모른다는 가능성을 인정하고, 최악의 상황을 각오하는 일이기도 합니다.

'틀렸으면 어떡하지?'라는 생각으로 불안하고 무섭지요. 그렇지만 '모른다'며 계속 멈춰 있기만 한다면 영원히 알 수 없습니다. 즉, 맞는지 틀린지 판별할 수 있는 유일한 방법은 한발 내딛어보는 것뿐이에요. 이 사실을 깨닫기까지 꽤나 많은 시간이 걸렸습니다.

제대로 알고 나서 시작해야 한다고 그동안 고집한 이유는 틀리기 싫어서였습니다. 아프기 싫었기 때문이지요. 그런데 아픔이 뒤따르지 않으면 제대로 된 결과를 손에 넣기 힘들어요.

그렇다면 일찍 틀리고 빨리 수정하면 정답에도 빨리 도달할 수 있을지 모른다, 그러니 과감하게 한걸음 앞으로 나가보자, 그렇게 마음먹고 '모르지만' 일단 시작해보니 이번에는 그 길이 너무 재미있는 거예요. '어라, 이게 아닌가?' '그럼 되돌려서 이쪽으로 가볼까?' '와~ 이 길 끝에 이런 풍경이 보이다니!' 하고 말이죠.

처음 가는 길에서 체험하는 모든 일이 설렙니다. 항상 정답이 아니면 안 돼, 늘 100점이 아니면 안 돼, 그렇게 생각하던 나를 벗어던지니 미로를 걷는 것조차도 너무 즐겁습니다.

3. '쓸데없이 열심히'를 그만두다

슬슬 지겹네, 하는 생각이 든다면
몸이 보내는 신호라고 생각할 것
억지로 버티려 하지 말고
몸의 리듬에 따라 휴식할 것

고백하자면 저는 어릴 때부터 쉽게 싫증내는 성격'이었어요. 무언가에 열중해도 얼마 지나지 않아 금세 지겨워지고, 다른 새로운 것을 시작하고 싶어졌지요. 어떤 한가지를 끈기 있게 지속하는 꾸준함이 저에게는 전혀 없는 것 같아요.

원고를 쓸 때도 완전히 집중하는 시간은 한 시간 정도예요. 한 시간이 지나면 어느새 페이스북을 살펴보거나차를 마시러 가는 등 서성거리기 시작해요. 청소도 30분이 넘으면 지쳐서 대충 마무리하게 되고요. 대체 어떻게하면 끈기 있게 지속하는 사람이 될 수 있을지 고민스러웠습니다.

그런데 지겨워지는 것이나 집중력이 끊어지는 것은제 의지와는 무관한 곳에서 일어납니다. 아무리 작심삼일을 그만두겠다 마음먹어도 그렇게 되지 않아요. 노력으로 극복할 수 있는 일이 아니었던 거지요. 즉 '질려버려도 어쩔 수가 없다'는 것.

그렇다면 이 상태를 잘 이용해보자는 생각을 했습니

다. 가령 원고를 쓰다가 슬슬 한 시간쯤 됐다 싶으면 글 쓰는 속도가 확연히 떨어집니다. 뭔가를 쓰기 위해서는 생각이 정리되어야 하지요. 머리가 맑을 땐 무엇을 쓸지 잘 떠오르지만, 지치면 아무 생각도 나지 않습니다.

　그럴 때는 억지로 끙끙대며 쥐어짜지 않고 얼른 자리를 뜹니다. 부엌으로 가서 설거지해둔 그릇을 찬장에 정돈하거나 꽃에 물을 주고 우편물을 정리해요. 일단 서재에서 자리를 뜨는 것이 중요합니다. 책상 앞에 앉아서 인터넷 서핑을 해도 기분전환은 되지만, 일단 흐름을 끊어주는 것이 효과적이거든요.

　또 한 가지 포인트는 10분 정도 지나면 서재로 되돌아가는 겁니다. 이런저런 일에 시간을 너무 빼앗기면 의식을 원고로 되돌리는 데도 시간이 걸리니까요.

　밤늦게 일을 하다 보면 점점 효율이 떨어지는 것이 느껴져요. 조금만 더 하고 자야지 하고 버티지만 그럴 땐 얼른 원고를 덮고 목욕을 한 후 잠자리에 들어야 해요. 30분 일찍 자고 30분 일찍 일어나는 편이 더 낫거든요.

아침에 맑은 머리로 시작하면 두세 배 속도로 일할 수 있습니다.

  언젠가 청소의 달인에게 배운 핵심은 두 가지였습니다. '청소는 더럽지 않더라도 매일 한다', 그리고 '30분을 넘기지 않는다'. 세면대부터 거실, 서재, 현관, 화장실까지 30분 안에 모두 청소하려면 아주 서둘러야 합니다. 귀찮다, 힘들어, 하기 싫어, 라는 생각이 들 틈을 주지 않는 게 핵심이지요.

  저녁 식사 준비도 30분이면 됩니다. 반찬을 어떻게 조합하느냐가 중요하지요. 시간이 걸리는 국물 요리가 먹고 싶은 날이면, 메인 요리는 생선구이나 닭고기찜 등 굽거나 찌기만 하면 되는 걸로 정해요. 메인 요리가 월남쌈이나 크로켓처럼 손이 많이 가는 것이라면 생채소로 만든 샐러드나 냉두부처럼 접시에 담기만 하는 반찬을 고르지요.

  이것저것 다 제대로 만들어 먹으려다 한 시간이 넘도록 주방에 서 있으면, 밥 한 끼 먹자고 이렇게까지 애를 써야 하나 하고 지치게 됩니다. 저는 즐겁게 식사 준비를 할 수 있는 시간이 딱 30분인 것 같아요.

시간을 잘 활용하는 방법은 누구에게나 중요한 관심사입니다. 저도 젊었을 때는 하루 스케줄을 세세히 적은 후에 이것도 하고 저것도 끝내겠다며 의욕을 불태웠지요. 하지만 대부분 계획으로 끝날 뿐 절반도 못해내는 일이 반복되다 보니 자기혐오에 빠질 뿐이었습니다.

여러 번 그런 실패를 되풀이한 뒤로 지금은 해야 할 일만 수첩에 적어요. 물론 그것도 오늘 다 끝내겠다는 생각은 하지 않습니다. 못하는 것이 당연하며, 순서를 정해 차례로 마무리하면 된다고 생각하게 되었어요. 신기하게도 그렇게 마음을 편하게 먹고 나니 훨씬 일처리가 잘되는 것 같아요.

스스로를 닦달하며 몰아붙여서는 나를 긍정하며 살기 힘듭니다. 나는 그런 방식이 맞지 않는 사람이라는 걸 인정하기까지 꽤 많은 시간이 걸렸어요.

하지만 '못하는 것'을 단념할 수 있게 되자 비로소 '그럼 이제 어떻게 해볼까?' 하고 다음의 수를 찾을 수 있게 되었습니다. 못하는 것을 억지로 할 수 있게 만드는 것보다 내가 할 수 있는 것을 찾는 편이 빠른 데다 확실한 결과를 만들어주더군요.

슬슬 지겹네 하는 생각이 든다면 몸이 보내는 신호라고 생각하세요. 억지로 어떻게든 버티려 애쓰지 말고, 순순히 몸의 리듬에 따라 휴식하고 빨리 기분전환을 해서 일도 생활도 스트레스 없이 하면 좋겠습니다.

4. 내일 할 일을 앞당겨 하기를 그만두다

해야 할 일의 10퍼센트는 남겨두고

깔끔하게 셔터 내리는

단호함이 이젠 필요하다

간만에 독감에 걸렸습니다. 요즘 약은 효과가 아주 좋아서 열은 하루 만에 쑥 내려가는데, 그다음이 괴로워요. 몸이 덜덜 떨리고 뼈 마디마디가 아프더니 사흘 동안은 아무것도 목에 넘어가지 않았어요. 원래 몸 상태로 되돌아오기까지 4~5일이 걸렸습니다. 올해만큼은 감기에 걸리지 않도록 주의하며 손 씻기, 가글 등을 열심히 했던 터라 '어떻게 해야 매일 몸도 마음도 건강하게 보낼 수 있을까?' 하고 새삼 생각하게 되었어요.

일단 믿을 것은 내 몸의 면역력과 자기치유력밖에 없습니다. 이것을 기르려면 너무 피로하게 움직이지 말고, 충분한 수면을 취하는 것이 중요합니다. 그래서 평소 생활습관을 다시 한번 되돌아보았어요.

사실 저는 10의 힘을 가지고 있으면 10을 다 써야만 직성이 풀리는 성격이에요. 연료를 다 써버리고 텅 빈 채로 픽 쓰러져 잠드는 타입이랄까요. 조금 과한 업무도 의지로 버텨내고는 했지요.

물론 항상 그렇게 전력질주만 하는 것은 아니고 터덜

터덜 걷기도 합니다. 저녁 식사가 끝나면 텔레비전을 보면서 곯아떨어지는 일도 다반사예요.

그러다가 10시쯤 퍼뜩 잠에서 깨면, 다시 컴퓨터 앞에 앉아 자정까지 일을 하면서 '아까 한숨 잤으니까'라며, 결국 평소보다 취침 시간이 늦어져버립니다. '한 시간만 더 하면 마감도 조금 앞당길 수 있어'라든지 '내일 할 일을 오늘 미리 해두면 내일이 더 편할 거야'라는 생각이 깔려 있어서 '해야 할 일 목록'을 하나라도 줄여두려는 거지요.

그런데 이렇게 생활하다 보면, 잘 때 스위치를 꺼도 연료 보급이 80퍼센트밖에 안 된 채로 아침 기상을 합니다. 그리고 또 달려야만 하지요. 그러다 보니 에너지의 90퍼센트 정도 쓰면 멈춰야 한다는 생각을 차차 하게 되었습니다. 밤 12시까지 억지로 버틸 것이 아니라, 적어도 11시에는 일을 마무리하고 남은 한 시간은 느긋하게 음악을 듣거나 책을 읽는 거죠.

근데 사실 이렇게 하기가 말처럼 쉽지 않습니다. 저도

모르게 '조금만 더' 하고 얼른 해치우고 싶은 마음이 들거든요. 새삼 내가 정말 욕심이 많구나 싶어서 질리기도 합니다.

가진 에너지를 90퍼센트쯤 쓴 상태에서 멈추려면 '할 일'을 한 가지 줄여야만 해요. 즉 무언가를 포기하는 것을 뜻하지요. 그런데 욕심쟁이에게는 이것이 어려워요. 비유하자면 10개밖에 안 들어가는 통에다 평소 11개, 12개를 쑤셔 넣던 사람에게 9개만 넣으라는 격이니까요.

예전에 'n100'를 운영하신 오이 유키에 씨가 "나의 모토는 내일 해도 될 일은 오늘 하지 않는 거예요"라고 하신 말씀을 듣고 무릎을 쳤습니다. 저는 늘 '내일 할 일을 오늘 해두면 내일 조금 더 편할지도 몰라' 하던 사람이었거든요. 그런데 가만 생각해보니 내일의 일을 오늘 해두어도, 어차피 내일이 되면 또 해야 할 일이 생겨서 끝이 없었습니다.

지금 눈앞에 있는 일 중에 '내일 해도 될 일'을 찾아보니 차고 넘치도록 많았습니다. 서류 정리도, 리스트 작성도, 주방 청소와 우편물 정리도 모두 내일 해도 큰 문제 없을 일들이더군요. 그렇구나, 오늘 꼭 해야 할 일이란 그리 많지 않다는 사실을 그제야 깨달았습니다. 저는 늘 먼저 앞당겨 일하고 내 안의 불안을 해소하려고 한 건지도 몰라요. 10퍼센트는 남겨두고 깔끔하게 셔터를 내리는 단호함이 필요했습니다.

　그런 '90퍼센트의 눈'으로 자신의 인생을 바라보면 하루하루가 달라질지 모릅니다. 지금 생활의 대부분을 차지하고 있는 일을 하지 않게 될 날이 언젠가는 올 테고, 반드시 오늘 이것만은 해야 한다고 생각하는 청소나 요리 역시 안 해도 어떻게든 되어요.

　항상 정면에서만 바라보던 것을 뒤에서 보니 가치관이 기우뚱하고 흔들립니다. 90퍼센트에서 멈추는 것은 단순히 시간 여유를 줄 뿐만 아니라, 그런 또 하나의 '시점'에 눈뜨는 일이구나 싶습니다.

'무슨 일이 있어도 오늘은 여기까지 해야 해' 하고 생각하는 나를 살짝 풀어주는 것, 그렇게 자신을 느슨하게 해방시키는 것도 필요하다는 생각을 해요.

 그러면서 편안하게 숨을 내쉴 때 눈에 들어오는 풍경, 들려오는 소리, 느껴지는 바람을 소중히 여기고 싶다고 생각하니 10퍼센트 너머로 펼쳐지는 세계를 바라보는 일이 기다려지게 되었습니다.

5. '조금만 더'를 그만두다

부족한 것만 좇다 보면
'이미 갖고 있는 것'을
활용할 기회를 놓치고 만다

저는 어렸을 때부터 스스로 '이만하면 잘했어!'라고 만족하는 일이 힘들었어요. 가령 어떤 일을 끝내면 주위 스태프들은 "잘하셨어요!" "일이 잘 진행됐어요" 하고 서로 칭찬하고 격려하는데 저만 '조금 더 할 수 있지 않았을까?' '정말 이거면 된 걸까?' 하고, 해낸 것보다 하지 못한 것에 초점을 맞추곤 했지요.

OK 판정을 스스로 내리는 일이 두려웠던 것 같습니다. 이걸로 됐어 하고 만족해버리면 앞으로 더 발전하지 못하는 게 아닐까 하는 걱정도 있었지요. 지금 상태에 만족하기보다 더 위로 올라가고 싶은 강렬한 욕구가 있었는지도 몰라요.

언제부터인가 주위에서 '현재에 만족하는 것이 중요하다'고 말하는 분들이 늘었습니다. 내가 나 자신에게 잘했다고 말해주지 않으면 아무리 시간이 흘러도 행복은 손에 쥘 수 없다고 말이죠. 맞는 말이라고 생각하면서도 마음 한구석에서는 '정말 그거면 될까?' 하는 의문이 들었습니다. 헝그리 정신을 갖지 않으면 나를 한걸음 앞으로 전진시키는 힘이 사라져버리는 게 아닐까….

　아직 부족하다는 생각은 자기 안의 '결여'를 인정하는 일이기도 합니다. 나로서는 아직 못한 일들이 많다는 것, 세상에는 아직 모르는 것들이 가득하며 그것을 배우면서 나는 더 성장할 수 있을 것이라는 생각 말이죠.

　하지만 언제나 '아직 더 해야 돼'라는 생각을 가지고 있으면 끊임없이 불안해지고 결국 마음도 피폐해집니다. 40대에는 줄곧 '이제 나 자신에게 만족해도 되지 않을까?'라는 생각과 '아냐, 만족하면 여기서 끝이지'라는 생각 사이에서 줄타기를 했던 것 같아요.

　그런데 쉰이 되고 나니 자연스레 '조금만 더'라는 생각이 그냥 껍질 벗겨지듯 제 안에서 떨어져나갔습니다. 인생 후반부에 접어들면서 무한할 것이라 생각했던 시간에 끝이 있다는 것을 느끼게 됐거든요. 그리고, 앞으로 몇 년이나 일을 더 할 수 있을까 생각했을 때 이렇게 '조금 더!'만 외치다가 인생이 끝나버리겠다 싶었어요.

그래서 앞으로는 제가 지금껏 배우고 얻은 것을 사용하는 인생을 시작해보기로 마음먹었습니다. 그렇게 방향을 전환하자 마음이 덜컹했습니다. 내가 사용할 수 있는 것이 뭐지? 내가 이미 갖고 있는 것이 뭘까? 전혀 모르겠는 거예요. 지금껏 '조금 더'를 외치며 아직 내 손에 없는 것에만 초점을 맞추며 살아온 탓에 '이미 가지고 있는 것'이 무엇인지 제 안에서 정리가 안 되어 있었던 겁니다.

몇 년 전, 에세이를 출간하려고 한 출판사에 기획안을 제출한 적이 있어요. 취재를 바탕으로 한 원고를 정리해 편집자에게 보냈더니 "이건 좀 아닌 것 같습니다" 하고 거절하지 뭐예요. '취재'가 아니라 '분석'으로 글을 써달라는 것이었지요. 제3자의 입장에서 보고 들은 것만 옮겨 적지 말고, 내 안에서 한번 곱씹고 나만의 문장으로 뽑아달라는 뜻이었습니다.

아무튼 저로서는 예상치 못한 거절을 당해 출판사에서 돌아오는 길에 한참을 울었던 기억이 납니다. 지금이라면 당연한 일이라고 생각해요. 당시의 저는 아직 스스로가 쓰는 글에 나 자신을 내보일 용기가 없어서, 취재를 하며 '이렇게 멋지고 훌륭한 사람이 있습니다' 하고 누군가의 뒤로 숨고 싶었습니다.

하지만 그 일을 계기로 과감히 나 자신을 드러내는 글을 쓰는 훈련을 시작했어요. 이미 제가 가진 것을 파내고, 새로운 시점으로 정리한 후 내 손바닥 위에 올려놓는 작업이기도 했어요. '이렇게 단언해도 될까?' '나 혼자 이렇게 생각하는 걸 글로 써도 되는 걸까?' 하는 불안과 싸우며 엮어낸 나의 이야기는 다행히 많은 분들이 공감해주셔서 잡지에 기고하는 글과는 전혀 다른 반응을 느낄수 있었습니다.

내 안에 있는 것을 표현하기 시작하면 그곳에 자연스레 나의 자리가 생깁니다. 아마도 '난 이런 생각을 갖고있어'라고 드러냄으로써 거기에 공명하는 사람들이 모여들기 때문이겠지요.

젊은 시절은 어딘가로 무언가를 찾아다니는 때지만,

인생 후반은 이미 가진 것을 잘 성숙시키고 내 테두리 안을 충실히 만드는 시기인 것 같습니다. '더, 조금 더'라는 태도를 버리니 새로운 발견이 가득하네요.

6. 혼자 도맡아 하기를 그만두다

도와달라는 부탁을 하지 못했다
내가 못한다는 걸 인정하기 싫어서

남편과 함께 살기 시작한 초반에는 싸울 일이 너무 많았습니다. 청소에 꼼꼼하지 않은 저는 사각형의 방을 둥글게 청소하는 타입입니다. 반면에 꼼꼼한 남편은 제가 청소한 후에 같은 곳을 다시 청소하지요. "거기 아까 청소했는데?" "근데 전혀 깨끗하지 않잖아"라며 서로 화를 내며 싸움이 나는 식이었죠.

스스로도 꼼꼼하게 청소하는 편이 아님을 알면서 지기 싫은 저는 그걸 인정하지 않았습니다. 별것 아닌 일에 자존심을 부리며 '내가 잘 못한다'는 것을 용인하지 못하는 거예요. 그런데 너무 많이 싸우다 보니 지쳐서, 언젠가부터 "알았어, 그럼 이제 청소는 당신에게 맡길게" 하고 백기를 들게 되었어요.

그랬더니 놀랍게도 제 몸과 마음은 날아갈 듯 가벼워졌습니다. 스트레스를 받으며 청소를 하지 않아도 되니 편한 데다. 남편은 자기 스타일대로 청소하고 방이 깨끗해지니 너무 좋아했어요. 왜 좀 더 일찍 남편에게 맡기지 않았을까 후회했습니다.

자신이 잘하지 못하는 일을 내려놓기란 쉬워 보이지만 의외로 어렵습니다. 내려놓기 위해서는 먼저 내가 '못한다'는 것을 인정하는 데서 시작해야 하거든요. 그런데 '열심히 하면 되지 않을까?' '내가 이걸 못한다고 하면 바보 같아 보이지 않을까?' 하고 생각하기 십상입니다. 누군가에게 부탁해서 도와달라고 하면 된다는 걸 알면서도, 스스로 할 수 있는 일을 남에게 부탁하면 안 될 것 같다는 부정의 소용돌이에 빠지게 됩니다. 즉 '더 열심히 해야 해'라는 생각에 사로잡혀 있으면 점점 자기 혼자 문제를 끌어안고 있다가 결국 옴짝달싹 못하게 되어버리는 거지요. 그런데 청소를 남편에게 맡기고 내가 '못한다'는 것을 인정하자 모든 일이 잘 풀린다는 것을 알았습니다.

　〈생활의 배꼽〉이라는 잡지는 세 사람의 스태프가 함께 만듭니다. 잡지를 막 시작했을 무렵에는 한 권을 모두 제가 썼어요. 제가 시작한 일이니 다른 사람에게 맡기기 싫었던 거죠.

하지만 호수가 거듭될수록 잡지에 변화가 필요해졌어요. 그러자면 저 한 사람의 시점으로는 한계가 있었어요. 걱정스럽지만 조심스레 두 명의 스태프에게 취재와 집필을 부탁했습니다.

프리랜서 작가로서 다른 잡지에서도 활약하는 편집 담당자 와다 노리코 씨는 독서가여서 "이 사람에 대해 알아보면 재미있을 것 같아요" 하고 제안해주었습니다. 그녀가 선정한 이들은 때로는 물리학자, 의사나 대학교수 등이었는데 취재 때마다 두근거리는 설렘으로 저를 무척이나 즐겁게 만들어주었지요.

한편 〈주부와 생활사〉의 편집 담당인 기무라 아이 씨는 세 딸의 어머니예요. 저로서는 상상조차 할 수 없는 육아 전쟁 중인데, 그럼에도 열심히 일하는 엄마들과의 교류법 등 엄마로서의 시점을 살려 취재를 해주었어요. 제가 꼭 쥐고 있던 일들을 손에서 내려놓자 두 가지 시점이 더해져서 〈생활의 배꼽〉은 훨씬 더 내용이 풍성해졌습니다.

치열한 입시 전쟁과 직장 생활을 거치면서 저도 모르는 사이에 '남들보다 좋은 학교 가서 좋은 회사에 취직해야 해' '남들보다 먼저 골인 지점에 도착하지 않으면 안돼' '남들보다 행복해져야지'라는 생각들이 강하게 자리 잡았던 것 같아요. 하지만 산다는 것이 그런 게 아니라는 사실을 깨달은 건 정말 최근의 일이에요.

홀로 끌어안고 있던 일을 남들과 나누면 질적으로 훨씬 향상된다는 사실을 깨달았고, 혼자서 힘들게 하던 집안일도 "부탁해"라는 한마디면 순식간에 편해진다는 것을 알았습니다. 그렇게 도달한 결론은 혼자서 행복해지는 것보다 다 함께 행복해지는 편이 행복도의 면에서 100배는 높다는 것이었어요.

저는 일 외적인 면에서는 '닫힌' 유형의 인간이어서 다 같이 하는 집단행동이 익숙하지 않아요. 가급적이면 혼자서 행동하려고 하지요. 하지만 마음을 열고, 누군가에게 도움을 청하고, 짐을 나눠 들면 이렇게 멋진 결과가 돌아온다는 것을 체험하자 '어? 문을 열었을 때 삶이 더 풍요로워지는 걸지도 몰라'라는 생각이 들었습니다.

다른 사람에게 맡긴 일은 사실 어떤 결과가 되어 돌아올지 모릅니다. 일단 맡긴 다음에는 제가 어떻게 조절할 수 있는 것이 아니라, 그저 기다림이 필요해요. 때로는 기대에 못 미칠 때도 있습니다. 하지만 자신의 힘이 닿지 않기에 예상치 못한 결과가 되돌아왔을 때의 기쁨은 그 이상이며 마음을 두근거리게 만듭니다.

독차지하지 않을 것. 이것은 몰랐던 세계로부터 날아올 선물을 받아들이기 위한 마음의 자세인 것 같아요.

7. 밤에 일하는 습관을 그만두다

'아무것도 하지 않는 저녁'을
나에게 선물해본다
다음 날 아침의 개운함도 함께

저는 어려서부터 줄곧 저녁형 인간이었습니다. 낮에는 취재나 미팅을 위해 뛰어다니고, 또 친구들과 놀거나 쇼핑을 하러 다니는 등 밖으로 향하며 시간을 보냈지요. 그런 시간을 마치고 집으로 돌아오면 밥을 먹고 텔레비전을 본 후, 책상 앞에 앉는 시간은 뉴스 프로그램까지 모두 끝난 밤 11시쯤.

외부에서 들어오는 자극이 없어졌을 때 비로소 내 안에 집중하며 원고를 쓰거나 기획을 준비할 수 있었어요. 그렇게 일을 하다가 문득 주위를 돌아보면 날이 환하게 밝아오는 일이 대부분이었습니다. 서둘러 커피를 마시고 다른 취재를 하러 뛰어나가고는 했어요. 그 무렵에는 젊고 체력도 있었던 것 같네요. 늘 수면 부족으로 피곤한 상태이긴 했지만요. 하지만 잘 생각해보니 업무량은 지금의 절반 정도였던 것 같습니다.

마흔을 넘기면서부터 저녁 식사를 하고 나면 졸음이 쏟아져서 이를 꽉 물고 책상 앞에 앉아 있어도 원고가 잘 써지지 않았습니다. 주위를 살펴보니 슬슬 아침형 인간으로 바뀌는 사람이 많아졌어요. 저도 따라서 바꿔볼까 하고 몇 번이나 자명종을 맞춰봤지만, 전혀 일어나지 못했답니다. 라이프스타일을 바꾸지 못한 채로 스스로를 다독이며 마감에 쫓기는 일상을 보내다 보니 눈 깜짝할 사이에 4~5년이라는 세월이 흘러버렸습니다.

그렇게 이도 저도 아닌 상태에서 스위치를 전환하게 된 것은 아침 반신욕을 시작하면서부터예요. 아침에 따뜻한 물에 들어가 있으면 정신이 듭니다. 몸도, 머리도, 마음도 맑은 정신을 찾는 것 같았지요. 여러 해 동안 이 습관을 지속해보니 몸에 확실히 리듬이 생긴 것인지 지금은 굳이 아침에 목욕하지 않아도 절로 눈이 떠져요.

6시 반부터 9시 반까지 세 시간은 그야말로 황금 시간입니다. 잘 자고 일어난 아침의 두뇌는 회전이 빨라서 원고도 순식간에 써져요.

아침에는 그렇듯 충실한 시간을 보낼 수 있게 되었는데, 저녁 식사를 한 후부터 잠이 들 때까지의 시간이 문제였습니다. 설거지는 주로 남편이 하기 때문에 저는 그

동안 텔레비전을 보기도 하고 가끔은 그대로 곯아떨어지기도 해요. 물론 자다가 중간에 일어나 9시부터 11시까지 두 시간을 잡무 정리를 하고 메일 회신을 한다면 다음 날 아침에는 원고에만 집중할 수 있어서 이상적이겠지만 그게 어디 쉬운가요.

해야 한다는 걸 알면서도 귀찮습니다. 정신을 차리고 싶지만 졸려요. 그렇게 저녁 식사 후의 어중간한 시간을 보내다 보면 '벌써 12시네'라는 찜찜한 기분으로 목욕을 합니다. 이런 나날이 되풀이되었어요.

그래서 더 이상 밤에 일은 하지 않겠다고 결심했어요. 물론 원고 마감에 쫓길 때는 책상 앞에 앉을 수밖에 없지만, 평상시에는 무언가를 억지로 하지 않기로 했습니다. 목욕을 할 때까지의 시간을 '아무것도 하지 않는 시간'으로 제게 선물하기로 한 겁니다.

습관을 바꾸는 데는 시간이 걸리지요. 금방 바꿀 수 있을 것 같지만 한 가지 습관의 앞뒤에는 지금까지의 습관들이 이어져 있습니다. 조금씩 바꾸면서 앞뒤를 다시 연결하고, 시험 운전을 통해 확인한 후 새로운 변화를 추가하는 과정이 필요해요. 제 경우에는 이제 겨우 저녁 식사 후에 '공백'을 만든 참입니다. 거기에 무엇을 조합할지는 앞으로 조금씩 찾아보려고 해요.

이 저녁 시간을 좀 더 다른 즐거움에 써보고자 계획 중입니다. 영화를 보거나 음악을 듣고 책을 읽는 식으로요. 그렇게 시간을 보내는 게 자연스럽게 여겨지는 분도 있겠지만, 이제껏 일에만 몰두하며 살아온 저로서는 일 이외의 채널이 생기면 하루하루가 완전히 달라질 것 같아요.

최근 들어 아침에 하던 산책을 저녁 식사 후에 하는 것으로 바꿔보았어요. 이른 아침의 햇살을 느끼며 30분 동안 걸으면 너무도 기분이 좋았습니다. 그런데 저녁 산책은 또 전혀 다른 의미를 갖는다는 사실을 알게 되었어요. 불이 켜진 집을 나서 밤거리를 걷노라면 오늘 보낸 하루를 처음부터 되돌아보는 기분이 듭니다. 생활이나 일이라는 상자가 있다면 그 상자를 높은 하늘 위에서 내려다보는 느낌이랄까요. 시간도 머리도 마음도 일단 리셋되고, 오늘이라는 하루를 전체적으로 조망할 수 있습니다.

밤하늘 아래서 30분 동안 걷고 돌아와 느긋하게 좋은 시간을 보내는 것. 당분간 저녁 시간을 충실하게 보내기 대작전은 계속됩니다.

8. 손편지 쓰기를 그만두다

마음의 온도가 식기 전에
짤막한 문자 메시지라도
'지금 바로' 전할 것

저는 맨 처음 취재를 부탁할 때 손편지를 씁니다. 일단 어떤 책에 실을 것인지 설명하고, 왜 만나고 싶은지, 무슨 이야기를 듣고 싶은지 등을 정리한 후에 샘플 인터뷰와 기획안을 함께 보냅니다.

이렇게 편지를 보내는 방법을 택한 것은 제 경험 때문이에요. 쿠라시노테초샤의 편집자에게 취재 의뢰를 받은 적이 있는데, 무려 세 장에 걸쳐 정성스러운 글씨로 취재 내용을 적어 보낸 게 아니겠어요. 너무 놀랍고 감동스러웠지요. 흔쾌히 일을 맡겠다고 했습니다.

취재 의뢰는 대부분 마감이 아슬아슬해서 서두르는 경우가 많아요. 한시라도 빨리 수락 여부를 알고 싶은 법입니다. 그래서 가장 빠르고 손쉬운 전화로 묻거나 메일을 보내서 상대방의 의사를 확인하지요.

그런데 굳이 시간이 걸리는 편지를 보내면 그만큼 '충분한 시간을 들여서 당신의 취재를 준비하고 있습니다'라는 마음이 전해집니다. 제가 편지를 받았을 때의 그 기쁨을 떠올리며, 그 후론 아무리 바빠도 편지지를 펼치고 만년필을 굴립니다.

모네공방을 주최하는 이노우에 유키코 씨를 방문했을 때의 일이에요. 출장을 마치고 집에 돌아와 우편함을 살펴보고는 놀랐습니다. 이노우에 씨가 보낸 감사장이 들어 있지 뭐예요. 그것도 제가 선물로 가져간 과자 포장지를 붙인 엽서였습니다. 어쩜 이리도 귀여운 감사장을 보냈을까 싶은 마음에 두근거렸던 기억이 나요.

이노우에 씨는 입버릇처럼 '감사의 마음이 식기 전에'라고 말했습니다. 그런 편지의 힘을 알기에 저 역시 도움을 받거나 선물을 주신 분께는 곧바로 감사장을 보내려고 노력합니다.

하지만 일에 쫓기는 현실 속에서 '오늘은 꼭 감사장을 써서 보내야지' 하다가도 결국 시간이 없어 내일로 미루게 되고 말아요. 그러다가 감사장을 보내기에는 시간이 너무 지나버린 듯해 보내지도 못하고 후회를 하는 날이 많았습니다. 그렇다고 메일로 보내기는 뭔가 시시한 느낌이 들었죠.

그러다 저희 집에서 열었던 파티를 마치고 집으로 돌아가는 전철 안에서 '고마웠어요'라는 문자 메시지를 보낸 카메라맨 바바 와카나 씨가 떠올랐습니다. 바바 와카나 씨는 저희 집에 놀러오거나 함께 밥을 먹으면 헤어진 후에 반드시 '무조림이 정말로 맛있었어요' 하고 감사 문자를 보내옵니다.

그렇구나. 꼭 손글씨로 편지를 써야 마음이 전달되는 건 아니구나. 문자 메시지로도 충분하구나. 중요한 건 즐거웠다는 것, 맛있었다는 걸 마음으로 전달하는 거니까요.

그 후로 저는 감사장 보내기를 과감히 포기했습니다. 대신에 가급적 빨리 문자 메시지로 감사의 마음을 전하고 있어요. 물론 지금도 가끔 편지나 엽서를 쓸 때가 있지만 '직접 써서 보내는 것'에 집착하다 보면 이노우에 씨가 강조한 '감사의 마음'이 식어버리게 된다는 걸 알게 됐습니다.

젊을 때는 무엇이든 최선이 아니면 직성이 풀리지 않

있어요. 하지만 최선이 안될 때는 차선이라도 괜찮다고 여기는 태도가 때로는 필요하더군요.

지금 저희 집의 수납은 몇 번의 실패를 거듭한 후에 겨우 차선의 시스템을 갖춘 상태입니다. 이제껏 수납의 달인을 따라하며 같은 모양의 저장 용기를 가지런히 진열하거나, 서랍을 작게 나누어 정리해보았어요. 하지만 정리정돈이나 청소에 소질 없는 제게는 '꺼낸 물건을 원래 자리에 놓는 일'조차 잘 되지 않아서 금세 최선의 상태가 와장창 무너져버렸습니다.

중요한 건 최선을 알고 난 후에 '그럼 내가 할 수 있는 차선은?' 하고 생각해보는 거예요. 그리하여 차선의 수납 시스템으로 상자를 진열해두고 그 안에 집어넣기만 합니다. 상자 속까지는 꼼꼼히 정리하지 않기로 했어요.

누구나 완벽하게 살 수 있는 건 아니에요. 모든 사람이 최선의 상태로 산다면 AI와 무엇이 다를까요. 누구든 '못하는 일'이 있고, '해낼 수 있는 정도'가 다르기 때문에 각자의 개성이 생기는 거죠.

그렇게 생각하니 자기가 할 수 있는 일을 찾는 것은 자신이라는 존재를 사랑하는 일일지도 모른다는 생각이 드네요. 이거면 할 수 있겠다 싶은 것을 끌어내어 무리하지 않고 차선의 삶을 살고 싶은 나이가 되었나 봅니다.

9. 스크랩과 북마크를 그만두다

나중에 다시 봐야지, 하고 모아둔 건

결국 꺼내보지 않게 되니까

20대 때는 잡지 읽는 것을 정말 좋아했습니다. 멋진 인테리어나 잡화, 집에서는 본 적 없는 요리와 그릇들, 테이블 세팅 등을 넋을 잃고 바라보았어요. 그리고 해외 각지의 여행 정보를 보며 '우와! 이런 세상이 있구나!' 하고 많은 자극을 받았습니다.

언젠가 나도 이런 방에 살아보고 싶어, 언젠가는 이런 그릇을 갖고 싶어, 나도 이런 가게에 들러보고 싶어. 문 너머로 펼쳐지는 아직 보지 못한 세계에 가슴 설레며 마음에 드는 페이지를 잘라서 스크랩북에 붙이는 작업이 어찌나 설레던지요.

시간이 지나 프리랜서 작가가 되자 이번에는 취재를 위한 정보가 필요해졌습니다. 늘 안테나를 세운 채 좋은 취재거리를 찾기 위해 안간힘을 썼지요. 그렇게 설레는 가슴으로 열심히 들여다보던 잡지는 취재거리를 찾기 위한 재료가 되었어요. 스크랩북에 오려 붙일 만큼 한가하지 않아서 마음에 드는 기사를 칼로 잘라 상자에 쑤셔 넣었습니다. 그런데 하루하루가 바빠서 그것을 펼쳐보는 일은 거의 없었어요.

10년 전에 이 집으로 이사하면서 한가득 모아두었던 자료를 한꺼번에 처분했습니다. 언젠가 읽어봐야지 해도 그 언젠가는 영원히 오지 않는다는 것을 알았거든요. 물론 더러는 '이 가게는 꼭 가봐야지' 하고 오려서 수첩에 끼워두었다가 진짜로 가본 적도 있고, '이 전시는 꼭 보러 갈 거야' 하며 책상에 붙여둔 것도 있습니다. 그렇게 '꼭'이라며 기합을 넣은 기사는 자연스레 별도로 취급해 나중에도 보기 쉽게 보관해두었어요.

이제는 어떤 정보든 인터넷으로 검색하면 금방 찾아볼 수 있는 시대가 되었습니다. 잡지를 읽는 대신 인터넷 서핑을 하고, 괜찮다 싶으면 북마크를 해두죠. 다만 꼼꼼하지 못한 저는 카테고리를 분류하지 않고 그냥 내키는 대로 북마크 메뉴를 누를 뿐이에요. 당연히 어디에 어떤 정보가 들어 있는지 전혀 모르고, 다시 볼 일도 거의 없었습니다.

어떤 정보든 가지고 있는 것만으로는 아무런 소용이 없어요. 보관해두는 정보량이 많아질수록 필요한 것을 필요한 때에 찾아내고, 활용하기 위한 시스템이 필요해요. 저는 그런 기술도 부지런함도 갖추지 못했습니다.

그래서 여러 정보를 보관하는 습관을 과감히 그만두기로 했어요. 잡지의 페이지를 잘라놓거나 북마크를 하는 건 그 정보가 중요하다고 여기기 때문이겠지요. 일단 보관해두면 언젠가 도움이 될지도 모른다면서요.

하지만 이대로 덮어버리면 분명 잊어버릴 테죠. 판단을 유보한 정보는 아마 앞으로도 필요하지 않을 거예요. 필요한지 아닌지는 지금 판단해야 합니다. 판단하지 못하는 것은 분명 필요하지 않기 때문이지요. 저는 그렇게 생각하기로 했어요.

평소 좀처럼 길게 쉬지 못하는 터라 연말이면 크리스마스 전에 여행을 떠나요. 주위 사람들보다 일찍 휴가를 쓰니 해야 할 일을 정리하거나, 내년 준비를 하는 등 여행을 떠나기 전까지 무척 바쁩니다.

당연히 여행지의 정보를 모을 시간도 없어서 언제나 닥치는 대로 보고 느끼는 여행을 해요. 그런데 그것도 나쁘지 않구나 싶습니다.

왜냐하면 치밀하게 조사해서 일정을 세우면, 잡지나 가이드북의 정보를 확인하러 가는 여행이 되어버리거든요. 대단히 멋진 곳은 아니라도 그곳 사람들이 모이는 카페에 들러 시간에 쫓기지 않고 커피를 마시며 여유로운 한때를 보내거나, 아무 생각 없이 거리의 풍경을 바라보는 것. 그러면 내게 들러붙어 있던 일상의 껍질들이 벗겨져나가면서 '아, 내가 동분서주하는 생활의 이면에는 이런 시간을 보내는 사람들도 있구나' 하고 당연한 일에 감동을 하기도 합니다.

정보가 너무 많으면 느끼는 시간이 없어져요. 하지만 새로운 정보가 전혀 없으면 설렘을 느낄 수가 없지요. 그러니 균형이 중요하다는 것을 새삼 느낍니다. 그런 균형을 찾는 데는 욕심내는 것을 그만두는 일도 좋은 방법입니다.

이것저것 모두 알아두어야만 성에 차고, 모두가 아는 것을 모르면 부끄럽고, 남들보다 늦으면 안 된다는 생각을 내려놓으세요. 정말로 필요한 정보라면 분명 손에서 놓아도 훗날 내게로 찾아오기 마련입니다. 가득 찬 마음을 정리하고 틈을 만들어두면 '우와~ 그런 거였어?' 하고 여러 가지 일에 감동할 수 있을 겁니다.

10. 의무적인 신문 구독을 그만두다

자구 계획이 미뤄지는 것은
하기 싫은 핑계를 계속 찾기 때문

작년에 드디어 신문 구독을 그만두었습니다. 신문을 끊는 일은 꽤나 거부감이 있었어요. 경제나 사회 문제에 밝지 않으니 적어도 신문만큼은 읽어야지 하고 몇 번이나 결심했는지 몰라요. 게다가 신문 한구석에 실린 작은 기사나 생활란의 읽을거리에서도 매번 새로운 발견을 하고는 했습니다.

　문제는 구석구석 읽을 시간이 없다는 것이었지요. 결국은 거의 읽지 않은 채로 일주일이 지나고, 종이쓰레기를 버리는 날에 그대로 배출하는 일이 계속되었습니다. 남편도 안 읽을 거면 신문을 그만 받으라는 이야기를 여러 번 했지만, 제가 '읽을 거야!'라면서 고집을 부리며 거부했지요.

　아침에 잠깐이라도 펼쳐보는 습관을 만들고 싶었습니다. 하지만 취재를 위해 읽어야 할 책이나 자료가 잔뜩이라 신문은 늘 뒷전이 되고 말았어요.

　이제 더는 안 되겠다 싶은 마음과 함께, 앞으로도 달라지지 않겠다는 생각이 들자 항복할 수밖에 없었습니다.

꼭 보고 싶은 뉴스는 인터넷으로 보기로 하고 신문 구독을 중단했습니다.

신문 배달을 끊었을 뿐인데 방이 얼마나 깨끗해졌는지 몰라요. 보통 신문이 오면 식탁 위에 올려두거든요. 1~2주에 한 번 꼴로 종이쓰레기를 배출하는데, 텔레비전 장식장 아래의 신문 보관함이 점점 쌓여가는 모양새가 썩 보기 좋지 않았습니다.

게다가 그걸 마주할 때마다 내가 신문을 안 읽고 있다는 부담감에 떳떳하지 못한 기분도 들었고요. 그런데 신문을 중단하자 그럴 필요도 없어지고, 방도 마음도 산뜻해졌어요!

그만두어보고 알게 된 사실이 있습니다. 제가 열렬히 신문을 읽고 싶어 하는 사람이 아니었다는 걸 말이에요. 정말로 읽고 싶었다면 잠깐의 틈만 나도 신문을 펼쳤겠지요. 그런데 시간이 없다는 핑계를 대며 뒷전으로 미룬 채, 소설이나 에세이를 읽고 사회문제는 텔레비전으로 보는 정도면 충분하다고 여겼던 겁니다.

자신이 정말로 하고 싶은 것이 무엇이고, 하고 싶지 않은 것은 무엇인지 구별하기란 생각보다 어렵습니다. '하고 싶다'와 '하고 싶지 않다'의 경계가 머리와 마음에 따라 다르기 때문이지요.

진심을 알고 싶다면 가슴에 손을 얹고 귀를 기울인 채 마음의 소리를 들어보아야 합니다. 머리를 쓰면 아무래도 판단하고 싶어지거든요. '하는 편이 더 좋아' '해야만 해' '하면 이런 결과가 있을 거야'라는 식으로요. 그런 바깥의 가치를 하나씩 벗어던지고 마음 깊은 곳의 진심에 초점을 맞춰보는 것. 그것이 바로 하고 싶은 것과 하고 싶지 않은 것을 판별하는 기준인 듯합니다.

이 책(일본어판 원서-편집자 주)을 디자인해주신 그래픽 디자이너는 '놀기의 천재'입니다. 매일 늦은 밤까지 일을 하는데, 쉬는 날이면 눈 쌓인 산으로 스키를 타러 가거나 가족들과 함께 캠핑을 하러 다녀요. 최근에는 테니스에 빠져서 일을 하기 전이나 끝낸 후에 학원에 다니기도 하고, 친구들과 함께 땀을 흘린다고 하네요. 오랜 세월 동안 일만 해온 제 눈에 그의 하루하루는 너무나도 눈부실 따름입니다. 일과 생활에 모두 충실한 삶은 얼마나 풍요로울까요.

〈생활의 배꼽〉을 편집해주는 와다 노리코 씨는 술과 맛있는 음식, 그리고 만담을 아주 좋아합니다. 저는 그녀를 '나만의 미슐랭 가이드'라고 칭하며 늘 맛집을 소개받고 있어요. 그녀가 점심을 먹지 않는 것도 저녁 무렵부터 식사와 술을 만끽하기 위해서라고 해요. 부침이 심한 프리랜서 작가라는 직업은 늘 불안을 안고 있습니다. 하지만 만담에서는 아무리 못난 사람이라도 그곳에 있어도 된다는 관용이 있어서, 거기에 구원받았다고 해요. 만담을 들으며 한바탕 크게 웃은 후에 술잔을 기울인다고 합니다. 일을 끝낸 그녀의 '이상하고도 맛있는 시간' 속에는 제가 모르는 별세계로 향하는 문이 있는 듯해 부러워집니다.

저는 하고 싶은 마음이 끓어올라도 바쁘다거나 일에 지장이 있다는 이유로 우선순위를 뒤로 미루곤 했습니다. 놀러 갔다가 원고의 마감 기한을 못 지키면 어쩌나 싶어 두려웠어요. 그래서 저의 일상에는 늘 일밖에 없었습니다. 정말 이렇게 살아도 괜찮을까? 쉰이 넘은 나이에 이제야 그런 생각이 들기 시작했어요.

인생의 후반은 조금 더 '하고 싶은 마음'에 솔직해지고 싶습니다. 하지만 오랜 세월 제 마음에 뚜껑을 닫아온 터라 그 문에 녹이 슬어서 쉽게 열리지가 않네요. 우선은 주변에서 하고 싶은 일을 찾아 가벼운 마음으로 접속해보고 싶어요.

일기 대신 메모를 쓰다

저는 기억력이 안 좋아서 취재 중에 멋진 이야기를 들어도, 책을 읽고 크게 공감해도 일주일만 지나면 '그게 정확히 뭐였더라…' 하며 잘 떠올리질 못해요. 이래서는 귀한 경험이 계속 흘러가버리고 조금도 쌓이지 않지요. 그렇다고 메모를 하거나 일기를 쓰는 등의 끈기가 필요한 작업도 잘 못합니다.

그럴 때 우연히 마에다 유지 씨의 베스트셀러인 《메모의 마력》이라는 책을 읽었습니다. 이 책에서 제가 가장 공감한 부분은 메모를 한 후의 이야기였어요. 메모의 내용은 그날 일어난 사실입니다. 그것을

'추상화' 하는 작업이 중요하다는 거예요. 그러니까 사실을 기록한 후에 거기서 도출해낸 자신만의 '진리'를 함께 적어야 한다는 것이지요.

지속할 수 있을지 없을지는 모르지만 오랜만에 나도 해봐야겠다는 생각이 들었습니다. 우선은 무인양품에서 작은 노트를 샀어요. 외출할 때도 가방에 넣을 수 있도록 가볍고 작은 크기를 골랐습니다. 그리고 여섯 색깔의 볼펜도 함께 사서 들고 다녀요. 읽은 책, 텔레비전에서 들은 말, 인터넷에서 본 것, 누군가를 만나서 느낀 점 등. 이것저것 욕심을 내자면 부담스러울 수 있어서 마음이 움직인 순간에 메모를 하게 되었어요. 그러자 지금까지라면 계속 잊혀져갈 말들이 노트 속에 보물처럼 남아서 왠지 모르게 설레었습니다.

저는 하루를 마무리하며 목욕을 할 때 이 노트를 들고 들어갑니다. 욕조에 몸을 담그고 욕조 뚜껑 위에 수건을 깔고 노트를 올립니다. 그리고 오늘 하루의 메모를 되짚어보지요. 읽어보면서 6색 볼펜으로 '기록'에 대한 분석과 느낌, 도출한 아이디어, 앞으로의 계획에 이용할 만한 것들을 기입합니다. 펜을 굴리다 보면 사고가 훨씬 깊어져서 스스로도 생각하지 못한 말을 덧붙이거나 앞으로의 전망이 펼쳐집니다.

매일 노트를 보기 때문에 어제와 그제, 그 전날 있었던 감동의 기록을 몇 번이고 반추해볼 수 있습니다. 되짚어보고 추가로 기입하는 작업을 하면서 자연스레 기억도 선명해지고, 일을 하며 글을 쓸 때도 스스로 구축했던 진실을 힌트로 심는 일이 늘어나고 있어요. 강물처럼 흘러가는 시간을 이 메모가 거슬러 올라가주어 어제에 오늘을, 오늘에 내일을 더해가는 삶을 살고 싶습니다. 당분간은 메모를 계속할 것 같네요.

관계 — 무리하는 것은 그만

오해 풀기를 그만두다

- 김혼비《아무튼, 술》등 저자) **-**

살다 보면 크고 작은 오해를 받는다. 예전에는 누군가 나를 오해한다는 걸 알면 어떻게든 풀어보려고 전전긍긍했다. 나에게 불리한 오해든 이로운 오해든, 누군가 나에 관해 사실이 아닌 정보를 가지고 있다는 게 찜찜했다. 미움을 받더라도 정확하게 미움받고 싶고, 사랑을 받더라도 정확하게 사랑받고 싶은 마음이었는지도 모르겠다.

그러던 어느 날 문득 깨달았다. 중요한 건 오해 자체가 아니라 오해 아래 깔려 있는 마음이라는 것을. 어떤 오해들은 상대방이 나를 어떤 방식으로 보고 있는지, 혹은 보고자 하는지에 관해 많은 것을 말해준다. 이를테면 나를 '영악한 사람'으로 이미 바라보고 있거나 바라보고 싶어 하는 사람은 내가 누군가에게 건넨 칭찬을 아부로, 깜빡 잊고 바로 답하지 못한 메시지를 자기에 대한 의도적인 무시로, 별 생각 없이 SNS에 올린 사진을 은근한 잘난 척으로, 웃음을 비웃음으로, 실수를 고의로, 선의를 위선으로 끊임없이 오해한다.

말하자면 쿠키틀 같은 것이다. 세모 모양의 쿠키틀을 들이대는 사람 손에서 나라는 쿠키 반죽은 세모 모양으로 찍혀 나올 수밖에 없다. 그 사람이 쿠키틀을 바꾸지 않는 한 지금 당장 눈앞의 오해 하나를 푼다고 해도 제2, 제3의 오해들은 계속해서 나올 것이다. 나의 말과 행동을 통해 나를 판단하는 게 아니라, 나를 먼저 판단해놓고 거기에 나의 말과 행동을 짜 맞추는 거니까.

　그런 종류의 오해는 오해하는 사람의 욕망과 맞닿아 있다. 나의 욕망을 다루기도 쉽지 않은데 타인의 욕망을 다루기란 불가능에 가까운 일 아닐까. 나를 세모꼴로 바라보고 싶은 욕망으로 가득한 사람, 그러니까 '오해하려고 작정한 사람'은 절대 당해낼 수 없다. 그래서 언젠가부터 오해를 받으면 오해에 담긴 상대방의 마음을 살펴본 후, 포기할 건 포기하고 넘어가게 되었다. 더는 애쓰지 않게 되었다. 그것이 가져다준 해방감과 아껴준 시간과 에너지가 얼마나 큰지. 물론 어딘가에서 여전히 돌아다니고 있을 세모꼴의 나에게는 건투를 빈다.

11. '그래도 남들만큼'을 그만두다

남들만큼 살려고 쫓아가다 보면
남들처럼 똑같이 살 수밖에 없다

나이가 들고 경험이 쌓이면 누군가를 따라 하고 싶은 마음도 안 들고, 꼭 누군가처럼 무엇을 하려는 생각도 없어질 거라 생각했습니다. 하지만 그렇지 않았어요.

가령 '저기 새로 오픈한 갤러리가 괜찮대요'라는 소문을 여기저기서 들으면 엉덩이가 근질거리기 시작합니다. 나도 가보고 싶다, 나만 안 가보면 시대에 뒤처진 사람 같잖아, 라는 생각이 들어요. '요즘 그 브랜드 옷이 좋더라'라는 말을 듣고 주위를 보니 너 나 할 것 없이 그 브랜드의 옷을 입고 있다는 사실을 깨달으면 왠지 자꾸 신경이 쓰이는 것처럼요.

물론 모두가 좋다고 생각하는 무언가를 알아두는 것은 시대를 이해하는 데 필요하고, 글을 쓰는 직업상 언제나 안테나를 세운 상태로 새로운 정보를 수집하는 일은 중요합니다. 다만, 무언가를 고르는 출발이 모두 '누군가가 말한 그것', '사람들이 갖고 있는 그것'이 되어버리면 스스로의 선택 기준이 없어지고, 좋고 나쁨을 분별하기도 힘들어질 것 같아요.

우연히 길을 걷다가 괜찮은 무언가를 발견해도 그게 '아무 이름도 없는 것'이면 자신 있게 고르지 못하는 사람이 되는 것, 자신이 좋다고 생각한 것에 누군가가 '좋음'이라는 도장을 찍어주지 않으면 안심하고 집을 수 없게 되는 건 뭔가 잘못됐다는 생각을 하게 되었어요.

취재를 하면서 여러 집을 방문해보면 대개 비슷한 물건을 볼 수 있어요. 유명 작가가 만든 그릇, 북유럽 인기 브랜드의 담요, 잡지에 자주 소개되는 가구 등. 분명 멋지기는 해도 그곳에 살고 있는 사람의 개성은 잘 보이지 않지요.

그렇구나! 자신만의 눈이 없으면 아무리 멋진 인테리어라도 복제에 불과하다는 것을 깨달았습니다. 반대로 독자적인 시각으로 고른 물건들로 꾸민 집에 가보면 그곳에는 분명히 그 사람만의 시간이 흐르고 있습니다.

고베시의 롯코에는 갤러리 모리스를 지원하는 모리와키 히로미라는 70대의 멋진 여성이 계세요. 어느 날 그분이 집에 대한 이야기를 해주신 적이 있습니다.

"우리 집은 아주 좁아요. 그치만 마음은 너무 편한 곳이에요. 내가 싫어하는 게 하나도 없거든요. 아무리 작은 곳이라도 거기에 내가 좋아하는 것을 모아두기만 하면 행복하게 살 수 있다고 생각해요"

이 이야기를 들으면서 '만족의 보자기'를 너무 크게 펼치지 않는 모습이 좋다는 생각을 했습니다. 모리와키 씨는 '누군가와 똑같이'가 아니라 '내가 좋아하는 것'을 하나둘 모으기만 해도 행복해지는 사람인 거지요.

다른 사람들과 똑같지 않으면 마음이 안 놓인다는 생각에서 벗어나면, 비로소 바로 곁에 있는 작은 행복을 만끽할 수 있을 거예요. '누군가와 똑같이'를 추구하다 보면 이곳저곳의 '누군가'가 신경이 쓰여 알아두어야 할 일이나 손에 넣어야 하는 것들의 폭이 한없이 넓어집니다. 그러면 마음은 평생 채워지지 않지요.

물론 "이거 진짜 좋아요"라는 말을 들으면 저 역시 알고 싶어지고 신경이 쓰이지요. 이를 억지로 끊어내려는 생각은 없지만, 무언가를 고를 때는 내 마음에 분명히 물어보자는 생각을 하게 되었습니다. 그리고 '이게 좋다'라고 느끼는 내 선택에 자신감을 갖는 거예요.

저는 그릇을 좋아해서 젊었을 때부터 정말 많은 그릇을 샀습니다. 처음에는 잡지에 소개된 작가의 개인전에 가보는 것부터 시작했습니다. 이 사발은 ○○의 작품, 이 평평한 접시는 ××가 만든 것…. 그릇을 사고 요리를 해서 담는 일이 무척 설렜습니다. 그런데 몇 년쯤 지나자 저의 식탁을 바라보는 것 자체가 점점 갑갑해졌어요. 요리보다도 ○○, ××라는 작가의 이름이 앞서 떠오르니 왠지 지겨운 느낌이 들었습니다.

그래서 작가의 이름에서 자유로워지기로 했습니다. 누가 만들었는지는 중요하지 않다, 내가 만든 감자조림이 먹음직스럽게 보이면 그걸로 충분하다, 그렇게 생각하게 되었습니다.

젊은 시절에는 '누군가와 똑같이' 하면서 마음의 안정을 얻었습니다. 하지만 시간이 지나자 '누군가와 똑같아야 해'라는 생각이 거꾸로 나를 속박한다는 사실을 깨달았어요. 중요한 것은 스스로의 안목과 기준으로 고를 수 있어야 한다는 것. 인생 후반은 내 안에서 진정으로 좋아하는 것을 찾아내는 설렘을 즐겼으면 합니다.

12. 남들 의견에 묻어가기를 그만두다

과감히 말해보고 느낀 것은
'어? 이렇게 말해도 괜찮은 거구나!'

프리랜서 작가라는 직업은 출판사에서 일을 의뢰받아야만 성립이 됩니다. 즉 '의뢰하는 사람'이 없으면 일이 없다는 말이지요. 젊을 때는 아직 경력도 없고 실력도 낮아서 자신감이 부족했던 터라, 일을 의뢰받지 못할까 봐 너무도 불안했습니다.

실력을 키워서 좋은 작가가 되는 일이 가장 중요하다는 건 물론 잘 알지만, 편집자와는 사람과 사람의 관계니까요. 편집자들과 사이좋게 지내려고 늘 신경을 썼어요. 저 사람은 지금 뭘 원하는 걸까, 어떻게 해주기를 바라는 걸까 하고 언제나 온몸의 안테나를 세우고 상대방을 살피며 미리 준비를 했습니다. 말하자면 연애를 할 때 '남자가 원하는 여자'가 되기 위해 온 힘을 쏟은 셈이지요.

편집자가 "A가 좋은 것 같은데요" 하면, 속으로는 B가 더 좋다고 생각해도 이를 드러내지 않고 "저도 A가 더 좋은 것 같아요"라며 동조했어요. 내가 그렇게 비굴했구나 싶어 돌이켜 보면 서글픈 마음이 듭니다.

누구나 회사 상사와의 관계, 지인들과의 관계 등으로 다른 사람과 엮일 때면 한 번쯤 '나를 억누르고 남에게 맞춰준' 경험이 있지 않을까요.

그런데 말이지요. 그렇게 스스로에게 거짓말을 하다 보면 결국 티가 나게 마련이에요. 좋아하지도 않는 일을 상대방에게 맞춰서 "나도 좋아해!"라고 아무리 말해본들 정말로 좋아하는 마음이 없는 한, 불이 붙어서 활활 타오르지 못하거든요.

게다가 그렇게 거짓말을 하다 보면 스스로 소모됩니다. 진짜 마음을 숨기고 그리 좋아하지도 않는 것에 "좋네요" 하고 맞장구치는 삶을 되풀이하다 보면, 과연 내가 정말로 좋아하는 것이 무언인지조차 알 수 없게 돼요. 끊임없이 남을 기준으로 맞추며 살다 보니 자신이 가진 잣대의 눈금조차 읽지 못하게 되는 거지요. 그러면 100의 힘을 가지고 있음에도 50만으로 사는 것과 뭐가 다를까요.

저는 최근에야 겨우 이 '카멜레온' 껍질을 벗는 데 성공했습니다. 나이가 들고 경험이 쌓여 조금은 나 자신에 대한 믿음이 생기니 상대가 "A가 좋은 것 같네요" 해도

"저는 B가 좋다고 생각해요"라며 목소리를 낼 수 있게 되었습니다.

과감히 말해보고 느낀 것은 '어? 이렇게 말해도 괜찮은 거였구나!'라는 놀라움이었어요. 옆 사람과 다른 의견을 말해도 "그래요? 듣고 보니 그렇기도 하네요" 하고 대화는 자연스레 흘러갔습니다. 상대방을 부정하는 일이 될지도 모른다며 걱정했지만 그건 기우에 불과했습니다.

그리고 나의 속마음을 표현하는 것이 이다지도 시원하고 기분 좋은 일임을 새삼 깨달았어요. 가령 주위 사람 모두가 A가 좋다고 해도 나는 B가 좋다는 의견을 그대로 말하면, 주위에서 '이 사람은 B가 좋다고 생각하는 사람'이라고 인식해줍니다. 거짓 없이 있는 그대로의 내 모습을 말이지요. 그러면 다음에 이야기를 나눌 때는 모두 'B가 좋다고 생각하는 이치다 씨가 이번에는…' 하고 전제 조건을 이해해주어요. 인간관계를 키워나가는 데 있어서 이건 너무나도 편하고 좋은 일이에요.

주변 환경에 나를 맞추는 카멜레온 체질에서 벗어나는 건, 있는 그대로의 내가 되는 일이었습니다. 그리고 온전한 모습의 나를 사람들 앞에 드러내고 이해받는 일이기도 했어요. 거짓말을 하면 언제까지고 진정한 나를 이해받을 수 없잖아요. 그러면 자연히 괴롭고 마음이 지칠 수밖에요.

또 한 가지 커다란 변화는 제 안에서 일어났습니다. 카멜레온으로 살던 시절에는 주변을 살피느라 늘 커다란 눈을 이리저리 굴리면서 살았습니다. 그런데 지금은 눈을 감고 내 안의 목소리에 귀를 기울여요. 나는 이 둘 중에서 뭘 더 좋아하지? 왜 나는 이게 더 끌릴까? 이걸 고르면 어떤 삶이 펼쳐질까?

그것은 세상에서 일어나는 일 모두를 '나의 일'로 새로 받아들이는 작업이었습니다. 내 손에 들린 것을 나만의 저울과 자로 다시 측정하는 느낌이랄까요. 스스로 제대로 관찰하고 생각한 후에 판단하는 습관을 쉰에 가까워져서야 시작한 셈입니다.

그렇게 진정한 나로 살기 시작하자 자연스레 내가 좋아하는 것, 관심 가는 일, 마음 맞는 사람들이 모여들게 되어 신기할 따름입니다. 그러자 누군가와 자연스레 연결되면서 새로운 문이 차례차례 열려요. 내가 나만의 색깔로 나이 들어갈 때, 그 앞에 어떤 변화가 일어날지 기대됩니다.

13. 넓고 얕은 인간관계를 그만두다

억지로 모임에 나가봐도
오지 말걸 그랬어, 하고
결국 후회하게 되니까

저는 송년회나 신년회, 파티 등의 자리가 좀 불편합니다. 많은 사람들 속에서 어떻게 행동해야 할지 모르겠다는 느낌…. 적당히 즐기면 되는데 자의식 과잉으로 '이곳에서 나는 어떻게 비춰지고 있을까?' 하고 제가 저를 쳐다보는 기분이에요. 아마 원래부터 사교적이지 않다 보니 제게 어떤 역할이 부여되지 않으면 자리에 스며들지 못하는 것 같습니다.

대규모의 파티가 아니더라도 6~7명 정도의 모임에 초대될 때가 있어요. 서로 얼굴도 아는 모임이라 거절하기 힘들어서 웬만하면 참석하려고 해요. 하지만 모임을 끝내고 돌아오는 길은 너무도 피곤하지요.

모임에서 저는 특별히 지장이 되지 않을 만한 이야기를 하고, 나름대로 재미있는 양 웃습니다. 이상한 책임감의 스위치가 작동해서는 그 자리의 모든 사람이 이야기에 참여하고 있는지 마음에 걸려서, 별 말이 없는 사람도 같이 대화할 수 있도록 하려고 신경을 써요. 결국 집에 돌아오는 길에는 지쳐서 '내가 도대체 뭘 하고 온 거지?'

하며 의미 없는 시간을 보낸 기분이 들고는 했어요.

제 경우에는 대부분 일적인 모임이지만 세상에는 다양한 커뮤니티가 존재합니다. 직장 선후배나 동료, 엄마들 모임이나 이웃 사람들과의 교류, 친구나 지인들과의 관계 등등.

물론 사람은 혼자서는 살아갈 수 없으며, 주위 사람들에게 도움받는 일도 많지요. 하지만 그 자리가 편하고 즐거운 사람이라면 괜찮지만, 거기서 보내는 시간으로 인해 자기 자신을 소모하는 기분이 든다면 그건 무용하다는 생각이 듭니다.

그래서 최근에는 제 마음이 강하게 움직이지 않는 한, 회식이나 모임의 초대는 가급적 사양하고 있어요. 미안한 마음에 억지로 나가면 분명 '아, 오지 말걸 그랬어' 하고 후회한다는 걸 배웠거든요.

아마도 저는 진심을 이야기하지 않으면 사람들과의 교류를 즐기지 못하는 까다로운 인종인 것 같습니다. 지금 흥미를 가지고 있는 것, 최근 감동한 일, 앞으로 하고 싶은 일…. 진심과 진심을 교환하는 자리에서는 저 혼자선 생각지도 못한 아이디어를 얻거나 무릎을 칠 만큼 공감을 하고, 의외의 시점을 통해 힌트를 얻는 등 설렘과 즐거움이 넘칩니다. 그럴 때는 '오길 잘했어' '저 사람을 만나서 참 좋았어'라는 생각으로 기뻐요.

하지만 안타깝게도 그런 기회는 그리 흔치 않습니다. 그렇기에 더욱 속을 터놓고 말할 수 있는 상대가 소중하고, 아주 가끔이기에 꽉 찬 밀도 있는 시간이 귀한 것이겠지요.

언제나 많은 친구들에게 둘러싸여 있고, 계속 사람들과 연결되어 인맥을 넓히고 즐겁게 사는 이들도 있습니다. 저는 사람을 사귀는 데 능하지 않아서 마음을 잘 열지 못하는 데다, 숨은 고집이 있어서 아무나 마음이 맞는 편은 아니에요. 그런 제가 얼마나 자기중심적이고 고집스러운가 싶었는데 "실은 제가 모임 같은 것이 편하지 않아서" 하고 살짝 이야기해보면 자기도 그렇다면서 공감해주는 사람들이 생각보다 많아서 놀랐습니다.

밝아 보이지만 사실은 너무 신경을 써서 마음이 지쳐 버리는 유형의 사람들이 의외로 많을지도 모르겠어요. 그렇게 생각하니 굳이 항상 사람들과의 관계 속에 저를 놓아두지 않아도 된다는 안도감이 들지 않겠어요. 소수일지라도 진심으로 마음 맞는 사람들과 맛있는 것을 먹으며 천천히 유쾌한 이야기를 나누고 좋은 시간을 보낸다면 그것으로 충분하지 않을까요.

그런데 아주 간혹이지만, 내키지 않았던 모임에서 생각지도 못한 만남이 생길 때가 있습니다. 평소 인사 정도만 하던 사람과 동석해 식사를 해보니 마치 영혼의 단짝을 만난 것처럼 이야기가 잘 통하는 경우 말이에요. 그런 체험은 너무나도 행복하지요. 특히 내 자신이 약해져 있을 때 상대방의 이야기 속에서 다음의 한 발짝을 내딛을 수 있는 빛을 발견하면, 곁에 있는 사람에게 감사하게 되고 내가 얼마나 작은 존재인지 느낍니다.

분명 평소에는 장벽을 치고 있지만 '어떻게 해야 할지 모르겠어' '내가 뭘 할 수 있을까?' 하고 마음이 약해져 있을 때는 순순히 다른 사람 말에 귀를 기울이게 되는 것 같아요. 그러니 왠지 모르게 기분이 가라앉을 때는 제가 나서서 누군가에게 말을 걸고 식사를 하러 가기도 해요.

제가 바라는 건 서로 마음이 오갈 수 있는 정도의 관계예요. 그렇기에 누군가와 교류하는 폭을 한 치수 줄이는 게 무리가 없지요. 그러려면 때로는 부름에 사양하는 것도 필요합니다. 인생은 길지 않아요. 그러니 '그냥' 만나는 것이 아니라 '엄선한 인간관계' 속에서 진정으로 마음을 주고받는 즐거움을 느끼며 살고 싶습니다.

14. 칭찬을 기대하는 마음을 그만두다

칭찬받지 못했다고 실망하지 말 것
당연한 일은 새삼스레
칭찬하지 않는 법

손님이 오셨을 때 내놓는 컵과 컵받침은 북유럽의 살짝 중후한 느낌의 무늬가 있는 것이나 노리타케의 N4 시리즈 제품입니다. 모두 잡화점에서 발견하고는 충동적으로 구매한 것이지요. 그런데 최근 들어서 그걸 사용하는 데 거부감이 들기 시작했습니다.

　문제는 크기였어요. 작고 사랑스러운 모양이지만 케이크와 함께 홍차나 커피를 마시기에는 조금 부족하다고 할까요. 조금 더 넉넉히 들어갈 수 있으면 좋겠다 싶었어요. 그렇다고 카페오레 볼이나 머그컵 정도로 클 필요는 없고요.

　그리하여 이른바 저의 '컵&컵받침 찾기'가 시작되었습니다. 작가들의 개인전에 컵과 컵받침이 나오면 꼭 손에 들어보며 살펴봤어요. 그런데 손에 잡히는 느낌이 강한 것은 무겁게 느껴져서 뭔가 마음에 들지 않았습니다. 그렇다고 해외 유명 브랜드 제품은 밋밋하게 느껴졌지요. 마음에 쏙 드는 것을 찾지 못해서 오래도록 사지 못한 채 지냈습니다.

일반적으로 홍차는 한 잔에 150cc, 커피는 120~140cc 가 적당한 양이라고 해요. 정식 컵과 컵받침은 200cc 정 도여서 차를 70퍼센트 정도 따르는 경우가 많다고들 하 지요. 오랜 전통에 기초한 사이즈가 역시 사용하기 편리 할 수 있겠다는 생각이 들었습니다.

　　그러다 우연히 로열 코펜하겐의 도쿄 본점 앞을 지나 갈 일이 있어서 들러 보았습니다. 거기서 만난 것이 바로 화이트 플루티드 시리즈예요. 지극히 심플한 흰색인 데 다 장식도 거의 없습니다. 홍차든 커피든 모두 사용할 수 있는 크기였고요. 이거다 싶어서 손님이 오실 때나 집에 서 워크숍을 할 때를 대비해 과감히 여섯 세트를 갖추었 습니다.

　　그러고는 손님이 오셨을 때 당장 내보았습니다. 예전 에 쓰던 무늬 있는 컵은 쟁반에 담아서 들고 오자마자 "어머나 귀여워라!" 하는 탄성이 들렸지만, 이번에는 모 두가 아무 반응이 없었어요. 그도 그럴 것이 그냥 희고 심플한 그릇이거든요.

하지만 저는 매우 만족스러웠습니다. 컵이 심플해서 포트는 후쿠다 루이 씨의 코이시와라야키 제품이나 하나오카 유타카 씨의 아름다운 작품처럼 개성 있는 제품을 조합할 수 있거든요. 이전에는 크기가 작아서 차를 몇 번이나 더 따라야 했지만, 이제는 적당한 양을 따라드릴 수 있다는 것도 좋았습니다.

덕분에 기분이 좋아져서 일본차를 마실 때 쓰는 찻잔도 작은 크기는 쓰지 않기로 했습니다. 대신에 아주 예전에 골동품 가게 같은 데서 샀다가 쓰지도 못하고 넣어두었던 새하얀 고이마리의 뚜껑이 달린 큰 찻잔을 평소에도 쓰기로 했지요. 이것도 양이 가득 들어가는 데다 맛있는 차의 색을 눈으로 즐길 수 있어서 좋습니다.

기분 좋게 차를 마시는 일. 이제야 오롯이 그것에만 집중할 수 있게 된 것 같아요. 겉보기에 귀여운 것보다도 기분 좋게 마실 수 있는 양이 들어가고, 차의 색이나 향을 맛볼 수 있는 것이 더 중요해요. 디자인이 아닌 기능에 따라 마음이 채워지기도 하나 봅니다.

정말로 중요한 것들은 사실 매우 당연한 일이어서 두드러지지 않는 걸지도 모른다는 생각을 했어요. 젊을 때는 어떤 행동을 하면 당연히 되돌아오는 것이 있어야 한다고 생각했거든요. 차를 대접하면 "우와, 이 컵 너무 예뻐요"라는 칭찬이 듣고 싶었고, 열심히 일한 후에는 좋은 평가를 받고 싶었지요.

그런데 그 '당연한 일'은 특별히 칭찬받거나 반드시 좋은 평가를 받는 것도 아닙니다. 아무도 무엇 하나 말하지 않음에도 세상에는 그 자체로 소중한 것이 있다는 사실, 그것을 깨닫고는 '그럼에도' 소중히 여길 수 있는 사람이 되고 싶어졌어요.

딱 좋은 크기의 컵에 차를 따라 마시면 '너무 귀여워!' 하고 감동하지 않아도, 적당한 양의 차를 맛있게 즐길 수 있습니다. 분명 그런 당연한 일을 하나씩 맛보다 보면 마음속에 진정한 풍요로움이 쌓이지 않을까요. 아직도 보지 못하고 있는 내 주위의 당연한 일들을 찾아내어 직접 확인해보면 좋겠습니다.

15. 하루의 반성을 그만두다

잠이 오지 않을 땐
오늘 있었던 '사소하지만 좋았던 일'을
한 가지씩 떠올려본다

하루를 끝내고 잠자리에 들면 그날 있었던 일과 만났던 사람들이 머릿속을 맴돕니다. 아까 취재할 때 그걸 더 물어볼걸, 오늘 미팅은 준비가 좀 부족했지, 오늘도 남편한테 짜증을 왕창 냈네…. 떠오르는 일들은 하나같이 '조금 더 이렇게 했으면 좋았을걸' 싶은 후회와 반성들이에요.

그러는 사이 점점 장래의 일까지 불안해져 '이 일이 잘 안 되면 어떡하지?' '그 사람이 싫어하면 어떡해야 할까?' '3년, 5년 후에도 이 일을 계속할 수 있을까?' 하고 온갖 나쁜 일에 대한 생각에 짓눌립니다.

좀 더 긍정적이고 밝게 생각해야지 하고 마음먹어도 비관주의자인 저는 일을 점점 더 나쁜 쪽으로 생각하는 버릇이 있는 것 같아요. 젊었을 때부터 '도대체 언제쯤이면 불안을 떨쳐버리고 잠에 들 수 있을까?'라는 생각을 해왔어요.

그런 때에 두 가지 사건이 겹쳤습니다. 한 가지는 제가 주최하는 오혜소주쿠(배꼽 학원)라는 워크숍에서 있었던 일이에요. '당신의 배꼽(습관)은 무엇인가요?'라는 물음에 한 사람이 "자기 전에 즐거운 일을 생각합니다"라고 대답하는 게 아니겠어요. 그리 특별할 것 없는 작은 습관인 것 같지만 듣는 순간 '어? 이거 괜찮은데?'라는 생각이 들었습니다.

마침 그 시기에 친정어머니가 건강이 안 좋아서 검사를 받게 되었거든요. 아침부터 안절부절하며 일이 손에 잡히지 않았습니다. 마음이 진정되지 않고 '뭔가 안 좋은 게 발견되면 어쩌지?' 하고 이런저런 걱정이 들었어요. 다행히 결과는 양호해서 가슴을 쓸어 내렸습니다.

그런데 그날 밤, 침대에 누웠는데 '엄마가 무사해서 정말 다행이야'라는 안도감이 밀려오지 않겠어요. 그리고 가족이 건강한 것만으로도 나는 얼마나 행복한 사람인가 새삼 깨달았습니다.

그러고 보니 어제까지만 해도 반성과 불안으로 질식할 것만 같았는데, 오늘의 이 행복한 느낌은 무얼까 싶었어요. 어제와 오늘은 아무것도 달라진 게 없고, 무슨 일이 일어난 것도, 또 무언가가 손에 들어온 것도 아닌데 말이죠. 이다지도 행복하고 따스한 이불 속에 누워 있자니 기분이 너무 좋아서 손발을 쭉 펴보았습니다. 이런 제 자신이 너무도 놀라웠지요.

그렇구나…. '지금'을 어떻게 느끼느냐에 따라 사람은 이렇게 달라지는구나 싶었습니다. 그 후로 자기 전에는 반성이 아니라 감사함을 떠올리게 되었어요. 오늘도 별일 없이 하루를 마무리할 수 있었던 것, 부모님이 건강하게 지내시는 것, 오늘도 남편과 집에서 맛있게 저녁을 먹은 것, 내가 쓴 글을 읽어주는 분들이 있다는 것. 지금 나를 둘러싼 일상의 기쁨을 떠올리기만 해도 자연스레 '아~ 오늘도 좋은 하루였어' 하고 기분 좋게 잠들 수 있게 되었습니다. 사소하고 평범하지만 무탈하게 오늘 하루도 잘 보냈다는 안도감은 나이가 들수록 최고의 행복이 아닌가 싶어요.

그렇지만 사람은 나쁜 일보다 좋은 일을 먼저 떠올리기가 쉽지 않죠. 예전에 북유럽 라이프스타일 숍의 점장인 사토 토모코 씨에게 이런 이야기를 들었어요. 사토 씨는 회사에서 직원들과 늘 '되돌아보는 시간'을 가진다고 해요. 하나의 기사를 등록한 후에 이를 되돌아보고, 신상품을 출시한 후에 되돌아보는 식이지요.

"그럴 때 직원들은 늘 반성만 합니다. 뭔가 좋은 점은 없었는지 물어봐도 대답을 잘 못해요. 자신이 잘한 부분을 *끄집어내는* 게 생각보다 어려운가 봐요. 그런데 무엇이 좋았는지를 제대로 파악하는 일은 아주 중요하거든요."

어머니가 건강하신 것이 지금껏 당연했던 것처럼, 지금껏 잘되어온 일을 새삼스레 의식하는 것은 어려운 일 같습니다. 하지만 건강하다는 것은 인간의 세포 하나하나가 문제없이 움직이고 있는 결과지요. 마찬가지로 어떤 일이 잘 풀리고 있는 데는 반드시 분명한 이유가 있습니다.

이것저것 여러 가지의 조건이 조화되어 '지금'이라는 상황을 만들어낸 것이지요. 그렇게 생각해보니 '지금 여기'에서 잘되고 있는 일들이 그야말로 기적처럼 생각되어 너무나 감사하고 행복하다는 생각이 드는 거예요.

안되는 일이 아니라 잘되고 있는 일로 포인트를 바꾸

니 이불 속에 누운 제 마음의 온도가 얼마나 달라지던지요! 모두들 반성과 불안을 떨쳐내고 기뻤던 일, 설렜던 일을 떠올리며 행복하게 잠들었으면 하는 요즘입니다.

16. 정면 돌파를 그만두다

잘 풀리지 않는 일에 맞닥뜨렸을 땐
에둘러 가보는 것도 도움될 때가 있다

'아, 오늘 저녁은 뭘 또 해먹어야 하나. 귀찮네' 싶으면서도 저는 식탁 위에 여러 가지 반찬을 올리지 않으면 왠지 서운해요. 남편이 반주를 하니 밥은 하지 않아도 매일 서너 가지쯤 안주가 될 만한 반찬을 만들었습니다. 육류나 생선으로 메인 요리를 하고, 국물, 샐러드, 참깨두부, 꼬시래기 초절임 등 굳이 만들지 않아도 될 법한 것을 한 가지 더 만드는 식이지요. 그러자니 역시나 시간과 수고가 들더군요.

한 편집자가 "저희 집은 밥에 된장국, 반찬 두 가지로 먹어요. 가끔은 반찬 하나로 먹을 때도 있어요" 하고 알려주었습니다. "그렇게 먹으면 뭔가 부족한 것 같지는 않아요?" 하고 물었더니 전혀 그렇지 않다고 했어요. 그래서 반신반의하며 저도 반찬을 한 가지 줄여보기로 했습니다.

오늘은 생선과 고기 감자조림에 꼬시래기 초절임을 곁들여 먹어보자. 일을 마치고 돌아오는 길에 오늘의 저녁 준비를 생각합니다. 먼저 국물 요리를 준비하고, 생선을 굽기 시작해서…. 어? 반찬을 한 가지 줄여보니 어찌나 마음이 편한지요. 고기 감자조림을 만들고 생선만 구우면 끝이잖아요.

게다가 반찬을 하나 줄이니 시간에 쫓길 일도 없고 초조하지도 않아서 고기 감자조림을 만드는 손이 자연스레 정성스러워집니다. 생선을 구울 때도 평소보다 신경 써서 소금을 뿌리고 잠시 두었다가 굽기 시작합니다. 원래는 즉시 구웠지만, 이번에는 냅킨으로 물기를 잘 제거하고 구워줍니다. 그러자 적당히 바삭거리면서 얼마나 맛있는지요. '그렇구나, 가짓수가 적어도 하나하나가 아주 맛있으면 반찬이 적다고 서운하게 느껴지지는 않네'라는 사실을 깨달았습니다.

20대 때 수납에 관한 세미나에서 '정리=시간×장소'라는 방정식을 배운 적이 있습니다. 수납 공간이 없는 사람은 시간을 들이면 정리가 되고, 시간이 없는 사람은 수납 공간이 많으면 정리가 된다는 거지요. 시간도 공간도 없으면 영원히 정리가 안 된다는 말이기도 합니다. 이런 지극히 단순한 원리에 무릎을 치면서 공감했던 기억이 나네요. 동시에 무언가가 압도적으로 부족하면 그 부족한 것을 늘리려고 하지 말고, 전혀 다른 해결법으로 보완하는 방법이 있다는 것도 알았습니다.

우리는 무언가 잘 풀리지 않는 일에 맞닥뜨리면 '어째서 안 되는 거지?' '어떻게 하면 잘될까?' 하고 고민하지요. 하지만 가령 '어째서 이 와이드 팬츠가 안 어울리는 거지?'를 생각했을 때 '키가 작아서 그렇구나' 하며 고민해봐야 아무런 해결이 되지 않습니다. 지금보다 5센티미터 정도만 더 컸으면 좋았겠다면서 아쉬워해봐야 이 나이에 노력으로 키가 자라지는 않으니까요. 그렇다면 상의를 잘 조합해서 소화하는 방법을 생각하거나, 같은 와이드 팬츠라도 자신에게 어울리는 폭의 바지를 찾는 편이 훨씬 효과적입니다.

무언가 곤란할 때 정면으로 돌파하려는 생각만 하지 말고, 일단 그 자리를 떠나보는 것도 꽤 도움이 되는 것 같아요. 물론 맹렬히 돌진하는 성격인 저는 '일단 떠나보기'가 잘 안되는 사람이에요. 한시라도 빨리 이 장벽을 돌파하고 싶다는 생각에 머리를 쾅쾅 부딪치고는 혹을 만드는 타입이지요. 머리를 너무 많이 박다 보니 요즘에는 다른 길을 찾아볼까 하는 생각이 들기도 해요.

예를 들어서 저는 요새 이른 아침에 원고를 쓰기 시작했거든요. 예전엔 주로 저녁에 작업을 하는 편이었는데 나이가 드니 밤에는 금세 졸음이 쏟아져서 원고를 쓰기가 힘들더라고요. 그래서 아침으로 바꾸었지요. 밤에는 두세 시간 동안 원고를 써도 만족할 만한 글이 나오지 않았는데, 잘 자고 일어나서 아침에 맑은 머리로 쓰니 너무 진도가 빨라서 30분 만에 끝나는 경우가 많습니다. 좋은 원고를 쓰려면 기술이 아니라 '머리와 몸과 마음이 가장 맑은 시간'이라는 환경을 만드는 일이 가장 빠른 길임을 깨달았지요.

남편이 속으로 무슨 생각을 하는지 모르겠다 싶을 때는 함께 외식을 한 후 선술집의 카운터에 나란히 앉아 술잔을 채워주며 이야기를 나눠봅니다. 의외로 쉽게 속마음을 털어놓기도 해요. 일을 함께 하는 동료와의 사이가 삐걱거릴 때는 함께 볼링을 치러 가서 신나게 즐기고 나면 앙금이 말끔히 해소되기도 하지요.

일단 그 자리를 떠나서 새로운 접근 방법을 찾아보면 줄곧 해결의 기미조차 보이지 않던 문제가 술술 풀리곤 합니다. 세상의 많은 '잘 안 풀리는 일'은 사실 의외로 잘 풀리고 있는데, 나만 '잘 안되고 있어'라고 여기는 건지도 모른다는 생각까지 들어요.

저녁 식사의 반찬을 한 가지 줄이는 것. 좋은 기분으로 맛있는 식사를 하기 위한 매우 좋은 방법이었습니다. 가짓수를 줄이면 하나하나의 질이 높아집니다. 이 '반찬의 법칙'은 다른 일에도 적용될 수 있을 것 같네요.

17. 목적에 충실한 삶을 그만두다

왜 이 목적을 세웠는지 생각해보면
'반드시 이렇게 해야 한다'는 집착을 버릴 수 있다

잡지 취재 건으로 청소의 달인에게 비법을 배우러 간 적이 있어요. 집 안을 마이크로 화이버 크로스만으로 청소한다는 사실에 너무 놀랐습니다. 방을 닦을 때는 물론이고 욕조와 세면대, 게다가 화장실까지!

그러니까 변기 청소에 화장실 솔을 쓰지 않는다는 거예요. 달인의 말에 따르면 화장실 솔이 잡균의 온상이라고 해요. 저도 화장실을 청소한 후에 솔을 통에 보관할 때면 이걸 이대로 둬도 될까 하는 의구심이 들었기에 당장 따라해보기로 했습니다.

변기 안에 손을 넣어 마이크로 화이버 크로스로 닦는 건 처음에는 살짝 거부감이 들었어요. 하지만 청소는 더럽지 않아도 하는 것이라는 달인의 가르침을 생각했습니다. 화장실도 매일 빼놓지 않고 청소하면 더러워질 일이 거의 없다는 사실을 알게 되었지요.

그리고 어느새 변기에 손을 넣고 청소하는 일도 아무렇지 않게 되었습니다. 물론 화장실 솔은 얼른 치워버렸어요. 화장실 구석에서 솔 보관함이 먼지를 뒤집어쓰고 있을 일도 없으니 일석이조였습니다.

생활 속에는 이런 화장실 솔 같은 것들이 많지 않나 싶어요. 본래는 더러움을 제거하기 위한 도구인데, 그 도구 자체가 청결을 유지하지 못하는 것처럼 말이죠. 화장실을 깨끗이 하려는 목적에만 시선을 빼앗겨 솔을 다 쓴 후의 일까지 생각하지 못하는 걸지도 모르겠어요.

청소를 하고, 요리를 하고, 원고를 쓰고, 아이의 숙제를 봐주는 일 등 생활 속에는 다양한 할 일이 존재합니다. 하지만 대개 한 번 하면 끝이 아니라 매일 반복해야 하지요. 저녁 식사도 매일 준비해야 하고, 원고도 하나가 끝나면 또 다른 하나가 시작됩니다. 목표에 도달했다고 생각했는데 또다시 출발점에 서서 다음 목표를 향해 달려가야 하지요. 그렇게 생각하면 목적을 달성하는 일보다 중요한 건 항상 골인 지점까지 도달할 수 있는 '순환'을 만드는 일임을 알게 됩니다.

저는 반찬을 잘 만들어놓지 않습니다. 한때는 의욕적으로 만들었던 때도 있지만 미리 만들어둔 반찬을 조합해 먹는 것도, 남김없이 다 먹기도 어렵더라고요. 일 때문에 귀가가 늦어져 외식이 계속되면 미리 만들어둔 반찬은 상해서 버릴 때도 있고, 오늘은 카레 말고 생선구이가 먹고 싶은 기분일 때도 있잖아요.

반찬을 만들어두는 목적 끝에는 '그것을 어떻게 먹을 것인가'라는 하루하루의 궁리가 필요합니다. '만들고→먹고→다 먹으면 또 만드는' 순환이 이루어졌을 때 비로소 만들어둔 반찬이 제 기능을 합니다.

편리해 보이는 수납용품을 발견해도 잠시 심호흡을 해봅니다. 가게에서 가지런히 통일된 저장용기를 보면 '우와! 여기에 건어물을 넣어서 주방에 세워두면 멋지겠다' 싶어서 두근거려요. 하지만 잠시 생각해봅니다. 저 저장용기를 대체 어디에 둘 거지? 바쁠 때도 건어물을 여기 넣어두는 습관을 유지할 수 있을까? 이렇게 그 이후를 상상해보는 거죠. 그러면 대개는 힘들겠다는 결론이 나요.

저는 그렇게 부지런하지도 않고 바빠서, 늘 시간이 없다는 말을 입에 달고 사는 걸 생각하니 내가 할 수 있는 것과 못하는 것이 눈에 딱 들어옵니다.

이건 삶의 자세에서도 마찬가지라고 봐요. 일에서 좋은 평가를 받고, 실적을 쌓고, 성공하는 것. 인생에는 수많은 '목적'이 존재하는데, 그 이후에 무엇이 있는지 스스로에게 물어보면 다른 길이 있음을 깨닫습니다.

일에서 아무리 좋은 평가를 받아도 은퇴한 후에 어떤 행복이 기다리고 있을지 생각하면 지금 이 순간의 평가에 일희일비하는 것이 왠지 허무하게 느껴지지요. 아이가 좋은 학교에 가는 것과 개성을 살려서 자신만의 길을 걷는 것 중 무엇이 더 큰 행복일지 생각해보면, 조금 더 느긋한 시선으로 미래를 바라볼 수 있을지 모릅니다. 목적 너머로까지 시야를 넓혀보면 '반드시 이렇게 해야 해'라는 집착이 풀리지 않을까요.

화장실 솔과 작별해보니 간단히 청결을 유지하는 시스템이 탄생한 것처럼, 당연히 필요하다고 여겼던 것을 내려놓았을 때 진정으로 무리 없는 순환의 고리를 이을 수 있다는 생각이 듭니다.

18. 인생의 정답 찾기를 그만두다

행복은 모든 조건이 갖춰졌을 때

'완성'되는 것이 아님을

저는 감자샐러드나 감자크로켓, 매시드포테이토 같은 감자요리를 아주 좋아해요. 감자는 기본적으로 통째로 삶습니다. 부글부글 끓도록 삶으면 으깨지기 때문에 약한 불로 뭉근하게 삶지요. "앗 뜨거!" 하며 껍질을 까서 소금을 뿌리기만 해도 맛있어요. 하지만 다 삶을 때까지 30분도 넘게 걸립니다. 그 시간 때문에 감자 요리를 할 마음이 잘 들지 않을 정도예요.

그런데 어느 날, 시간이 부족해서 감자 껍질을 벗기고 4등분으로 잘라서 삶아보았습니다. 5분 만에 익는 것을 보고는 깜짝 놀랐어요. 게다가 물기를 잘 빼주니 맛있는 감자샐러드가 완성되지 않겠어요. 굳이 통째로 삶지 않아도 되는구나 싶어 새삼 신기했습니다. 그 후로는 매시드포테이토나 크로켓을 만들 때도 껍질을 벗긴 후에 잘라서 삶습니다.

'이 방법이 정답'이라는 걸 알아도 바쁜 일상 속에서 늘 정답만을 추구할 수는 없어요. 젊을 때는 정답이 아닌 것에 손을 담그는 일이 왠지 꺼림직해서 내가 나를 풀어주지 못했습니다. 하지만 그런대로 정답에 가까운 방법을 써도 어떻게든 된다는 것을 알고, 정답을 포기했을 때의 편안함을 한번 맛보자 습관이 되네요.

청소도 마찬가지입니다. 저희 집은 거실과 현관에 커다란 거울이 있어요. 일상적인 청소 방법은 우선 물에 적셨다가 잘 짠 화이버 크로스로 방 안을 닦은 후, 마른 화이버 크로스로 다시 거울을 청소하는 식이에요. 그런데 화이버 크로스를 바꾸는 이 작업이 번거로운 거예요. 저도 모르게 '거울은 다음에 닦지 뭐' 하고 건너뛰는 일이 많아졌습니다.

그러던 어느 날, 하얗게 먼지가 쌓인 거울을 보고는 이래서는 안 되겠다 싶어 옆에 있던 티슈로 닦아주었더니 반짝이는 제 모습을 되찾았습니다. '어? 그냥 티슈로 닦아도 되는 거였네?' 뭔가 새로운 발견을 한 듯한 기분이었어요. 다소 비경제적이고 친환경적이진 않지만 티슈로 간편하게 쓱쓱 닦아주기만 하면 거울은 깨끗해진다는 것을요.

젊은 시절의 저는 '어떻게 하면 행복해질 수 있을까?'에 대해 줄곧 생각했어요. 어떤 조건이 갖춰지면 내가 행복해질 수 있을까? 20대에는 결혼을 하면 행복해질 거라 생각했지요. 좋은 학교를 나와서 적당히 괜찮은 회사에 취직하고, 거기서 좋은 사람을 만나 결혼하면 인생은 상승곡선을 탄다고 말이에요. 하지만 결혼은 전혀 상승곡선이 아니었습니다. 오히려 부모님 곁을 떠나서 처음으로 내 인생이 시작된 느낌이랄까. 제 경우에는 이혼을 하고 다시 출발점으로 되돌아가버렸지만요.

그러자 이번에는 '일로 성공하면 행복해지겠지'라는 생각이 들었습니다. 조금이라도 유명한 잡지에 기사를 쓰고 많은 페이지를 맡아서 이름 있는 글쟁이가 되어야겠다 싶었어요. 그런데 도대체 몇 권 정도의 잡지에 글을 싣고, 얼마나 많은 페이지를 담당하면 '행복'을 말할 수 있을까? 시간이 흘러도 그 답은 보이지 않았습니다.

행복은 조건이 갖춰졌을 때 '완성'되는 것이 아니라는 걸 나중에야 알았지요. 일이 잘 풀리지 않아도, 집에서 밥을 짓고 무조림을 만들어 맛있게 먹을 수 있으면 행복하고, 부모님이 건강하게 지내시는 것만으로도 행복이라는 것을요. 주말에 햇볕에 말려 까슬까슬해진 이불을 덮고 잘 수 있으면 '아~ 진짜 행복해' 하고 느끼고, 내가 낸 책이나 잡지를 읽고 힘을 얻었다는 독자가 있으면 너무나도 행복합니다. 뭐지? 행복이란 여기저기 넘쳐나고 있는 것이었잖아!

우리는 어디를 향해 달려가면 될지, 목표만을 좇기 쉽습니다. 그래서 정답을 알고 싶고, 행복을 정의하고 싶어 하지요. 하지만 과연 목적에 도달하는 일만이 좋은 것일지 생각해보게 됩니다. 골인 지점을 억지로 정해두고 그곳에 도달하면 마음이 채워질까요? 그렇지 않은 것 같아요. 분명 그곳에 도달하면 또 그 너머를 보며 달리고 싶어질 테니까요.

아무리 달려도 어디에도 도달하지 못한다는 사실을 알면 지쳐버립니다. 그럴 바에야 그 '어딘가'를 정하지 않으면 된다는 생각을 하게 됐어요. 달리는 동안에 잠시 다른 곳에 들러 누군가와 수다를 떨거나, 잠시 휴식하면서 맛있는 것을 먹는 편이 훨씬 즐거울 것 같아요. 감자를 통째로 삶지 않게 되자 차를 한 잔 마실 수 있는 시간이 생긴 것처럼 말이죠.

'정답'의 바로 곁에는 더 멋진 '덤'이 떨어져 있다는 것…. 그것을 주우면서 걷고 싶다고 생각하는 요즘입니다.

다른 사람들의 능력을 활용하다

저는 다른 사람에게 부탁을 잘 못합니다. 모범생 체질에다 지기 싫어하는 성격까지 더해져 '스스로 할 수 있는 일을 남에게 부탁하는 건 말도 안 돼' '우선은 내 힘으로 노력해봐야지' 하고 생각해왔어요.

작년에 저의 워크숍과 토크 이벤트에 참석한 어느 여성분이 '일을 좀 도와드리고 싶은데요' 하고 메일을 보내왔습니다. 만나보니 너무 느낌이 좋아서 인터뷰한 내용을 문서화하는 작업을 부탁하기로 했습니다.

취재하면서 녹음한 음성을 들으면서 컴퓨터에 입력하는 것인데, 상당히 힘이 드는 작업입니다. 완전히 초보자인 그녀에게 조금 어려

울지도 모르겠다고 생각하면서 일단은 짧은 데이터를 전달했습니다. 이리저리 고군분투하면서 완성한 그녀가 "너무 재밌었습니다~!" 하고 말해주는 것이 기뻐서 조금씩 부탁을 하게 되었지요.

그러자 점점 능숙해지더니 속도도 빨라지고 작업이 완벽해지는 게 아니겠어요. 무엇보다도 인터뷰 내용을 듣고 자신의 손으로 문장으로 만들어가는 작업을 그녀 스스로가 진심으로 즐거워했습니다.

시간이 없어, 너무 귀찮아, 하며 짜증스러워하기 전에 주위를 둘러보고 부탁하는 편이 훨씬 편하고 모든 일처리가 원만해질 수 있습니다. 단, 부탁할 때는 그것이 특기인 사람에게 하세요. 가급적이면 부탁받은 사람도 그 작업을 즐기면 좋으니까요. 나의 부탁으로 상대방의 경험과 시간도 조금 더 풍요로워졌으면 하는 것. 내가 바라는 것과 상대방이 바라는 것이 일치하게 되는 것. 그렇게 서로 부탁하고 도움을 줄 수 있다면 바랄 게 없겠습니다.

그런데 누가 무엇을 잘하고, 그 일을 즐겁게 할 수 있을지 아닐지는 일단 한번 부탁해보지 않으면 알 수 없어요. 그러니 도움이 필요할 때는 서둘러 주위를 살펴보고 편한 마음으로 부탁해보세요. 서로가 잘 맞고 타이밍만 나쁘지 않으면 분명 그 일을 맡아줄 사람이 있을 테니까요.

최근에는 남편에게도 그릇을 닦아달라거나 무를 갈아달라는 식으로 일을 맡겨보았습니다. 좀 알아서 도와주면 안 되나 하고 짜증부터 내기보다는 구체적으로 무엇을 어떻게 해주면 좋을지 말하는 편이 서로 기분 좋게 돕는 길이란 걸 알았어요.

혼자서 애쓰지 않아도 돼요. 나보다 잘하는 사람의 힘을 빌려도 됩니다. 이것이 제가 인생 후반부를 기분 좋게 사는 기술이랍니다.

일상 - 넘치게 준비하는 것은 그만

삶이 개운해지는 포기의 맛

- 이유미(전 29CM 카피라이터, 밑줄서점 대표) **-**

계기는 재택근무였다. 아니 더 정확히는 회사에 재택근무를 '제안'한 거였다. 8년 동안 잘 다니던 회사를, 월요일이 기다려지게 했던 회사를 그만두기로 마음먹게 된 동기 말이다.

회사가 선릉으로 이사한 뒤 출퇴근 시간이 30분 이상 늘었다. 평소 지하철에서 책을 많이 읽는 나는 '그래, 책 읽을 시간이 좀 늘어났군. 1시간 일찍 일어나는 게 대수겠어'라며 위안도 해봤다. 그런데 나는 하필(!) 워킹맘이었다. 아이의 어린이집 하원 시간에 맞추려면 출근 시간이 늘어난 만큼 더 일찍 일어나야 했으니, 결과적으로 평일에는 늘 새벽 5시에 일어나야 한다는 계산이 나왔다.

그렇게 3개월을 보내고 회사에 재택근무를 제안했지만 받아들여지지 않았다. 함께 점심을 먹으며 재택근무 제안에 대한 경영진 회의 결과를 나에게 통보해주는 리더를 보며 내 머릿속은 반대로 굉장히 쾌청해졌다. 몇 주간 몰지 않고 주차장에 주차돼 있던 차를 운전하기 전, 워셔액을 뿌려 앞 유리창을 닦을 때 그 더께의 먼지가 닦이는 기분이랄까? 개운함 그 자체.

상대방의 거절에 나 또한 '그래, 그렇다면 지금 그만둬버리자' 하는 용기가 생겼다. 그날 저녁 퇴근길, 부동산에 전화를 걸어 동네 초입에 3개월째 '임대'라는 푯말이 붙은 10평 남짓한 가게의 보증금과 월세를 물었다. 감당

할 수 있을 정도의 액수에 안도하며 20년 동안 꿈꿨던 책방 주인이 되기로 결심했다.

나는 더 이상 준비가 안 되었단 생각은 그만두기로 했다. 때가 오지 않았다는, 시작하기에 충분하지 않다는 부정은 그만두기로 했다. 회사가 답이라는, 월급만이 살 길이라는 안일한 사고를 그만두기로 했다.

지금이 아니면 그 꿈을 아예 접어야 할 것 같았고. 내 삶에서 한 살이라도 젊을 때 정말 하고 싶었던 일을 시작하는 게 맞다고 결론 내렸다. 나이 드는 게 겁나는 건 아니지만 체력이 달려서 하고 싶어도 못하는 상황은 만들고 싶지 않았다.

준비가 다 되는 시기는 언제일까? 매달 대출금을 갚지 못하면 어떡하지 하고 걱정하지 않아도 될 때? 아이를 다 키워 대학교에 보내고 직장에 취직, 아니 결혼하는 것까지 보았을 때? 그렇게 따지면 준비가 다 된 때는 내 인생에 없을지도 모른다.

　나는 기분 좋은 '포기의 맛'을 알게 됐다. 졌다는 억울함 없이, 뭔가를 그만둔 것 그 자체로 얼마든지 삶이 개운해질 수 있다는 걸 경험했다. 그리고 그 순간은 갑자기, 불현듯 찾아오기도 한다는 것도.

　불안과 걱정이 아예 없다곤 할 수 없지만 이번 결정에 후회에 대한 우려가 끼어들지 않았다는 게 중요했다. 후회하면 어떡하지? 하는 생각이 단 한 번도 들지 않았단 거다. 하고 싶은 건 빨리 해보는 게 낫다. 나도 그걸 이제서야 깨닫게 되었지만 더 일찍 시도하지 못했음을 뉘우치기보다 지금이라도 했으니 얼마나 다행인가, 안도한다.

19. '혹시 몰라서' 하는 준비를 그만두다

준비를 위한 준비는 아니었을까?
준비만으로 안심하고 싶었던 건 아닐까?

저희 집에서 가장 많이 사용하는 육류는 다진 고기입니다. 피망 속을 고기로 채우거나 김치햄버그, 양파에 고기 소스를 얹어 만드는 요리, 마파두부 등 일식, 중식, 양식 어떤 요리에든 널리 쓰이고 싼 데다 양도 많거든요. 이틀이나 사흘에 한 번은 슈퍼마켓 장바구니에 다진 고기를 담는 것 같아요.

이렇게 많이 쓰다 보니 한때는 대량으로 구매한 후 소분해서 냉동해둔 적이 있었어요. 100그램씩 나누고 랩에 싸서 냉동실에 넣었지요.

그런데 저는 보통 일을 끝낸 후에 서둘러 장을 봐서 귀가하고는 즉시 식사 준비에 들어가는 편이거든요. 슈퍼에서 장을 볼 때 '다진 고기는 아직 냉동실에 있는데… 해동하는 게 귀찮단 말이지. 오늘만 작은 팩으로 하나 사가자' 하고는 사오는 일이 수시로 발생했습니다.

결국 장을 볼 때마다 다진 고기를 사는 식이어서, 냉동실 고기는 좀체 줄어들지 못한 채 시간만 흘러갔습니다. 그런 일을 되풀이하다가 결국 음식을 소분해서 냉동시키는 습관을 그만두기로 마음먹었어요.

장을 잘 보러 가지 않는다면 냉동시켜두는 편이 분명 도움될 거예요. 하지만 도쿄에는 이미 역마다 슈퍼가 입점해 있고, 귀가가 늦어져도 밤 11시까지 영업을 하고 있어서 마음만 먹으면 언제든지 들를 수 있습니다. 편리할지도 몰라, 요리하는 시간이 줄어들지도 몰라, 하는 생각으로 시작한 냉동이건만 사실은 그때그때 슈퍼에서 사는 편이 훨씬 편리하고 빠르다는 사실을 나중에야 깨달았어요.

대비는 사용을 위해 존재할 때 그 의미가 있습니다. '대비해서→사용하는' 과정이 원활하게 이루어졌을 때 비로소 편리하게, 그리고 빨리 목적을 달성할 수 있지요. 그런데 대비를 위한 대비처럼 자칫 원래 목적을 잃고, 대비 자체만으로 목적을 달성해버린 듯한 착각에 빠질 때가 있습니다.

서랍 속의 자질구레한 것들을 칸을 나누어 정리하는 일도 그래요. 예쁘게 늘어놓는 데만 신경을 쓰다가 '사용하는 것'에 대해 생각하지 않으면, 금세 원래의 상태로 돌아가버리잖아요. 공부도 마찬가지예요. 열심히 필기하는 데만 빠지면 그 속에서 무엇을 기억해야 하는 건지를 놓치게 됩니다.

집안일은 자신이나 가족이 쾌적하게 살기 위한 것이며, 일은 자기 능력을 살려서 누군가에게 도움이 되고 대가를 얻기 위한 것이지요. 그런데도 우리는 어쩐지 짜증을 내면서 청소를 하고, 왜 이런 일을 해야만 하지? 하고 투덜거리며 일을 합니다. 그건 분명 '대비하는 것'이 목적이 되어버려서 진정으로 중요한 목적이 희미해진 탓일지도 몰라요.

줄곧 대비만 하다가는 앞으로 나아갈 수 없습니다. '그런 다음에는 어떻게 하지?' 하고 앞을 내다보았을 때 비로소 그 대비를 활용할 수 있게 되는 것 같아요. 하지만 과연 지금 자신이 무엇을 위한 준비를 하고 있는지, 혹은 준비를 마치고 걸어가기 시작했는지 제 발끝을 제대로 볼 수 있는 사람이 몇이나 될까요.

그런 자신의 위치를 확인하는 유일한 방법이 멈춰서

보는 일입니다. 발걸음을 멈추면 자신이 어디 있는지 알수 있어요. 멈춰 서서 그 대비가 정말로 필요한 것인지 확인해보세요. 어쩌면 그건 저의 '다진 고기'처럼 목적에서 벗어난 대비가 되어 있을지도 모릅니다.

그리고 과감하게 하나의 대비를 그만둬보세요. 지금껏 너무도 당연하게 여기며 일상적으로 해오던 일 속에 실은 불필요한 것이 있음을 발견한다면 횡재한 겁니다. 당장에 그만두면 그 시간을 다른 곳에 쓸 수 있으니까요.

저는 아침에 일어나면 반신욕을 하는 게 일과였어요. 아침에 일어나는 게 힘들어서 목욕이라도 해야 정신이 든다고 생각했기 때문입니다. 하지만 어느 날, 감기에 걸려서 아침 목욕을 일주일 정도 못한 적이 있어요. 그런데도 눈은 정확히 6시에 떠지더군요. 저녁형 인간이었던 저는 최근 몇 년 동안 완전히 아침형으로 바뀌어서 아침에 눈이 빨리 떠진다는 사실을 의식조차 하지 못하고 있었던 거예요.

그 후로 아침 일찍 취재를 하러 가는 날에는 목욕을

건너뛰기로 했어요. 바쁜 아침에 30분이라는 시간은 너무 귀하거든요. 지금껏 무슨 일이 있어도 아침에 목욕을 해야 한다고 생각했지만, 그걸 생략해서 시간을 단축하니 마음에 여유가 생겼습니다.

　사람들은 분명 대비해두는 편이 마음 편하다고 생각할 거예요. 그렇지만 불필요한 대비를 하나둘 내려놓는 일은, 기대고 있던 지팡이를 내던지는 일입니다. 그러면 몸이 더 자유롭고 가벼워져서 직접적으로 '목적'에 닿을 수 있게 되지요. 하고 싶은 일을 이루는 시간은 자연히 더 빨라질 거고요.

20. 유기농 집착을 그만두다

이게 아니면 안 돼, 라는 집착을 버리면
이쪽도 괜찮네, 라는 선택지가 늘어난다

저는 약 10년 동안 '대지를 지키는 모임'의 택배를 이용했어요. 배달되는 우유는 신선하며 고소한 맛이 최고고 흙 묻은 채소는 밭에서 막 걸어나온 듯하지요. 택배를 받을 때마다 무엇을 만들어 먹을지 생각하며 설레는 기분이었죠. 돼지고기도 아름다운 선홍색에다 무거운 식료품을 배달해주는 것도 너무 감사했습니다. 어디 있는 어떤 농가에서 무엇을 재배했는지 알 수 있고, 무엇보다 제철 식재료를 직접 전달받으니 도시에 살면서도 시골의 밭과 이어져 있는 듯해서 기분이 좋았어요.

그런데 일을 하는 중에 짬을 내서 인터넷으로 내키는 대로 주문하다 보니 꽤 많은 돈을 쓴다는 사실을 깨달았습니다. 바쁠 때는 주문하는 것을 잊어버리기도 하고, 급히 출장이 생긴 데다 남편도 집을 비우는 날에는 현관 앞에 택배 상자가 차곡차곡 쌓인 채로 하루 이틀이 지나버리기도 했어요. 그 사이 시들거나 상하는 경우도 있어 불편함이 있었지요.

그러다 집에서 자전거로 10분 거리에 자연 식품을 파

는 가게가 생긴 것을 알게 되었어요. 상품도 다양하게 갖춰져 있고, 유기농과 무농약 채소를 무척 저렴한 가격에 판매하고 있었습니다. 그날 쓸 것을 곧장 집으로 가져올 수도 있고, 술처럼 무거운 것들도 자전거 바구니에 담아서 오면 되었어요. 매번 이용할 수는 없지만 일주일에 한두 번 정도라면 괜찮겠다 싶었지요. 그래서 과감히 택배 주문을 그만두기로 했습니다.

무엇보다 '아, 내일 화요일이니까 주문하는 걸 잊으면 안 되는데' 하고 마감 날짜를 신경 쓰지 않아도 된다는 사실이 편했습니다. 배달된 걸 소분해서 냉장고에 넣는 수고를 덜 수 있다는 것도요.

음식에 대한 의식이 조금씩 달라지기 시작한 건 30대 후반부터입니다. 무농약 채소는 껍질째 먹을 수 있다는 것, 찌거나 굽기만 해도 맛이 진해서 요리 방법이 훨씬 심플해진다는 것, 조미료를 좋은 것으로 바꾸면 요리 실력이 나아진 것처럼 평소 하던 반찬이 훨씬 맛있어진다는 것. 생활 속에서 가장 중심이 되는 식생활에 대한 의식을 바꾸자 완전히 새로운 나날이 펼쳐지는 것처럼 설레었습니다.

그런데 도시에서 좋은 재료를 손에 넣으려면 생각보다 돈이 많이 들어요. 지방에서는 자기 텃밭에서 재배하거나 주변 농가에서 얻는 제철 채소가 도쿄에서는 놀랄만큼 비싼 가격에 팔린다는 사실을 한 요리 전문가가 알고는 "모두들 오가닉 셀럽인가 봐요" 하고 한마디 했었지요. 저 역시 그 말에 동의하지 않을 수 없었습니다.

제가 아는 편집자는 세 아이의 엄마입니다. 한창 자라는 아이들을 위해 매일 상당한 양의 반찬을 만들지요. "좋은 재료를 쓰고 싶지만, 매일 그런 걸 사다가는 파산해버릴 거예요!"라며 보통의 슈퍼마켓에서 보통의 채소를 사서 쓴다고 해요.

한때는 저도 유기농과 무농약에 집착하던 시절이 있었지만, 지금은 슈퍼마켓과 자연식 가게를 오가며 값을 봐가면서 선택하게 되었습니다. 제철 채소는 상대적으로 저렴합니다. 오늘은 시금치 무침을 해먹어야지 하고 사러 갔다가도 아직 철이 아니어서 값이 비싸면 양배추로 바꾸는 식이지요.

그리고 반드시 유기농과 무농약이 아니어도 된다고 생각을 바꾸었습니다. 매일 같은 슈퍼에서 장을 보다 보면 시금치 하나도 이것보다 저것이 더 맛있다는 식의 정보가 생깁니다. 그렇게 자신의 경험치로 선택하게 되는 것이 중요하다고 봐요. 잘 기억했다가 즐비한 채소 가운데서 좋은 것을 골라낼 수 있으면 되는 거죠.

유기농이라거나 무농약이라는 정보나 생산 배경도 매우 중요하지만, 채소를 사와서 가장 신선할 때 바로 해먹는 것이 무엇보다 좋다고 생각하게 되었어요. 제게 가장 중요한 것은 매일 맛있는 식사를 하는 일이니까요.

친정어머니가 사용하는 조미료는 지극히 보통의 것들입니다. 아마도 제가 산 간장이나 맛술은 어머니 조미료에 비하면 두 배는 더 비쌀 거예요. 그런데도 친정에 가서 어머니가 해주시는 음식을 먹으면 최고로 맛있어요. 어머니가 50년이 넘도록 꾸준히 해온, 간 맞추는 일이나 불 조절 덕분에 가능한 일이라고 생각해요. 그에 비하면 제 요리 실력은 상대가 안 되다 보니 조미료의 도움을 받는 것뿐입니다.

가능하면 언제나 '유연한 머리'를 유지하고 싶어요. 이게 아니면 안 돼, 하고 한 가지에 집착해서 다른 것을 잘라버리기보다 이쪽도 괜찮네, 하고 내 안의 선택지를 늘리는 것이 풍요로운 삶을 사는 비결인 것 같습니다.

21. '장비병'을 그만두다

뭔가를 사는 것만으로 나는 달라지지 않는다
'뭔가 좀 달라질지도 몰라' 하는
기대와 착각을 사는 것일뿐

매년 연말, 주방을 대청소할 때마다 대량의 조미료 통을 처분했습니다. 하나같이 한두 번 정도 썼을까 싶은데 유통기한은 이미 지나 있었지요. 카엔 페퍼, 클로브 등등. 처음 요리에 도전할 때 요리책의 레시피를 보고 필요하다며 샀던 것들이에요.

만들어본 적 없는 요리를 처음 시도하는 것은 분명 설레는 일이지만, 고민거리가 바로 조미료입니다. 평소에는 거의 사용하지 않는 각종 조미료를 하나부터 열까지 갖춰야 하니까요.

하지만 그렇게 도전해본 요리 중에서 계속 만들어 먹게 되는 것은 몇 가지가 안 되더군요. 만들어보는 과정이 재미있는 것뿐이라는 걸 알았지요. 여러 가지 조미료를 준비해서 만들어도 성공할 확률은 낮습니다. 게다가 남편은 허브 향을 그다지 좋아하지 않았어요. 결국 늘 해먹던 반찬들이 낫다는 결론을 내렸습니다.

그래서 새로운 조미료를 사는 걸 그만두었어요. 각종 조미료를 구비해야 하는 레시피는 아주 특별한 일이 아니면 도전하지 않기로 마음먹고, 이 정도면 집에 있는 걸로도 만들 수 있겠다 싶은 것만 시도합니다. 꼭 만들어보고 싶은 요리에 필요한 조미료는 살짝 비싸도 '칼디 커피팜'에서 발견한 3그램의 소량 봉투에 든 것을 이용해요.

이리하여 저희 집의 조미료 통은 확실히 줄어들었습니다. 항시 구비하고 있는 것은 가람 마살라와 쿠민시드, 호아쟈오 정도예요. 가장 자주 사용하는 건 두반장, 텐멘장, 굴소스 등의 중화요리계 조미료입니다.

예전부터 쓸데없는 것을 참 많이도 샀지요. 편리해 보이는 조리도구나 귀여운 저장용기, 평이 좋은 올리브오일과 비네거, 문방구에서 한눈에 반한 노트와 파일 같은 것들이요. 그렇지만 뭔가를 산다는 행위는 정말로 그것이 필요하다기보다는 '이걸 사면 내 생활이 달라질지도 몰라'라는 막연한 기대감일 뿐이구나, 하고 깨닫게 되었습니다. 물론 좋은 물건과 만났을 때 생활이 완전히 달라지는 체험은 정말로 두근거리는 설렘을 주지요. 물건을 사는 재미는 거기 있다는 생각을 해요.

그렇지만 새로운 물건을 사도 잘 쓰지 않는다는 경험이 반복되다 보니, 쇼핑은 다분히 기분에 좌우되는 면이 크다는 걸 느꼈어요. 새로운 물건을 사는 행위를 통해 자신의 마음이 자극받기를 원하는 것뿐. 그렇다면 '자극'과 '물건'을 떼어놓고 생각해보면 불필요한 것을 사지 않아도 되지 않을까 싶어요.

　가령 문방구에서 발견한 멋진 노트를 'To Do List' 전용으로 사용하면 일정을 잘 세워서 하루를 알차게 보낼 수 있겠다는 기대감이 들 거예요.

　이때 잠시 심호흡이 필요합니다. '노트를 사는 일'과 '일정을 잘 세워서 하루를 알차게 보내는 것'을 분리시켜요. '지금 있는 수첩에 볼펜 색깔을 바꾸어 적어보기만 해도 되지 않을까?' 하고 이미 수중에 있는 것을 활용하는 방법을 생각해보는 겁니다. 그러면 노트를 사지 않아도 그걸 이끌어낼 수 있는 새로운 습관은 만들어진다는 말이지요.

　이런 식으로 가게에서 어떤 물건을 발견했을 때는 머리를 고속 회전시킵니다. 내가 가진 물건 중에서 이것 대신 쓸 만한 것을 찾는 습관이 생겼습니다. 물건을 많이 사서 써보고 자신의 몸으로 세계를 알게 되는 시기가 있어요. 반대로 필요 없는 것을 손에서 내려놓고 자신이 정말로 필요로 하는 것만으로 살고 싶어지는 때도 찾아옵니다.

그 경계선이 제 경우에는 쉰 정도였던 것 같아요. '입력하는 시기'에서 자기 안에 있는 것을 '활용해서 즐기는 시기'로 옮겨가는 거지요. 이것이 의식하지 않아도 자연스레 찾아오는 인생의 반환점이라는 생각이 듭니다.

물건을 줄이고 싶어지는 것은 편하게 살고 싶어서예요. 물건이 많을수록 정리정돈에도, 관리에도 시간과 수고가 드니까요. 거기에 들이는 노력을 가능한 한 줄이고 '물건' 대신 자기 안에 축적한 '경험'이라는 리스트의 페이지를 넘기며 할 수 있는 것을 찾았으면 해요.

이 방법은 분명 젊은 분들에게도 효과적일 거예요. 뭔가를 사는 행위만으로 나는 아무것도 달라지지 않습니다. 그렇다고 새로운 물건과의 만남을 완전히 차단한다면 생활에 신선한 바람이 들어올 수 없지요. 인생을 즐기려면 사는 것과 활용하는 것의 균형이 중요합니다. 그 판단을 '점'이 아니라 길게 이어지는 '선'으로 생각해보는 거예요. 그러면 자기 인생에 진짜 필요한 조미료가 보이리라 믿어요.

22. 앤티크 소품 수집을 그만두다

아무리 좋아하는 것이라도
관리할 수 있는 만큼만 모을 것

오래된 유리병이나 손때 묻은 상자, 낡은 재봉도구나 실틀 등. 저는 시간을 거쳐 그 맛이 배가된 낡은 가재도구를 좋아해요. 옛날에 쓰였던 도구는 녹이 슬거나 변색되는 등 기능이 풍화되면 그 형태와 정취만이 남아 마치 오브제처럼 보입니다. 그런 것들을 발견하고는 미니 아트로 방을 꾸며왔습니다.

골동품이나 앤티크라고 할 정도도 안 되는 낡은 가재도구가 있다는 사실을 안 건 지금으로부터 20년 전에 〈전통 스타일이 살기 좋아〉라는 무크지를 만들었을 무렵입니다. 기존의 전통 스타일이 아닌 새로운 감각의 전통적인 생활양식을 소개하면서 오래된 가재도구 가게는 물론이고 철물점, 문방구 등을 방문했어요. 낡은 도구나 재고품 속에서 새로운 시선으로 쓸 만한 물건을 찾아내는 것이 재미있었습니다.

남편이 또 그런 잡동사니를 사왔느냐고 잔소리할 만큼 대체 어디에 쓸까 싶은 녹슨 상자나 색이 바랜 판을 사온 다음에 그것들을 조합해 집의 현관과 수납장 위를 장식하며 스스로 만족스러워했지요.

그런데 언제부턴가 그런 중고 장식품들을 하나둘 줄이기 시작했어요. 이유는 간단합니다. 먼지가 쌓이기 때문이에요. 장식된 소품들을 일일이 옮기고 먼지를 닦아낼 만큼 저는 꼼꼼하고 부지런한 사람이 아니거든요.

늘 적당히 먼지를 떨고 청소를 했다고 생각했지만, 어느 날인가 창밖에서 들어온 빛이 장식장을 비춘 순간 알게 되었습니다. 멀리서 보면 좋아 보였건만 가까이 가보니 놀라지 않을 수 없었어요. 여기저기서 사들인 낡은 가재도구들에 먼지가 잔뜩 쌓여 있었거든요. 큰일 났다 싶어서 모두 뜰로 가지고 나와서 작은 솔로 청소를 했습니다.

이를 계기로 정말로 마음에 드는 것만 조금 장식해두는 쪽으로 바꾸었습니다. 가짓수가 적으면 청소도 편해요. 소품 가게에서 이거다 싶은 물건을 발견해도 지금은 스스로 제동을 걸고 한 번 더 생각하게 되었습니다.

생활에는 '관리'라는 것이 필요하다는 사실을 최근에야 느끼고 있어요. 갖고 싶은 것을 손에 넣고 생활 속에 자리 잡게 하면 새로운 시간이 시작되는 것마냥 설레지만 정작 중요한 것은 그 후의 일들입니다.

새로 들여온 물건을 어디 놓을지, 기존에 가진 것들과 어떻게 조합할지, 앞으로 매일 어떤 식으로 사용할지, 어떻게 손질해 깨끗하게 유지할지 등을 생각해야만 하거든요.

그렇지만 저는 성격이 꼼꼼하지 않아서 이런 관리가 너무 안 됩니다. 제 책장에 어떤 책이 있는지도 다 파악하지 못해서 몇 주 전에 사온 책을 또다시 사오는 일도 허다할 정도예요.

게다가 책장 대신 쓰는 서랍장의 위 칸에 다 읽은 책을 던져두었더니 너무 무거워져서 서랍장을 지지하는 중간 판이 내려앉기도 했어요. 지금은 책을 다 읽고 마지막 페이지를 덮을 때, 이걸 계속 보관해둘 건지 스스로에게 물어봅니다.

이런 식으로 한 가지씩 실패할 때마다 관리법을 생각하게 되었습니다. 물건을 사는 건 쉽지만 관리는 그냥 생활 속에 던져두는 게 아니라 관찰하고 개선하며 스스로 그 규칙을 만들어나가야만 합니다. 되는 대로 사는 것이 아니라 의지가 필요하다는 뜻이지요. 다만 너무 의식적으로 애를 쓰면 중간에 숨이 차서 지속할 수 없으니 귀차니즘을 가진 나도 계속할 수 있는 방법을 만들어야지요.

그렇게 생활 속에서 몇몇 관리법이 정착되는 동안 문득 생각했습니다. 어쩌면 생활의 재미란 이러한 관리(매니지먼트)가 아닐까 하고 말이에요.

어떤 일이든 원인과 결과가 있습니다. 일이든 생활이든 보람된 일을 하고 싶다거나 기분 좋은 하루를 보내고 싶다며 좋은 결과를 바라기 마련이지요. 하지만 아무것도 하지 않았는데 원하는 것이 이루어진다면 과연 재미있을까요? 그렇지 않을 겁니다.

어떻게 하면 내가 좋아하는 일을 할 수 있을까? 어떻게 하면 마음에 드는 방으로 꾸밀 수 있을까? 이렇게 시행착오를 겪는 과정이야말로 재미를 낳는 게 아닐까 싶습니다.

생활의 관리는 남에게 맡길 수 없습니다. 생활의 디테

일은 자신만 아는 데다, 지속 가능한 방법이 무엇인지도 스스로에게 물어볼 수밖에 없으니까요. 나만이 만들 수 있는 것이기에 만들어가는 과정이 즐거운 것이겠지요.

지금 저희 집 현관에는 오래된 놋쇠 재떨이가 놓여 있습니다. 청소가 끝나면 여기에다 마른 꽃잎을 태웁니다. 많은 가재도구를 내려놓고 비로소 시원한 향기를 느낄 수 있게 되었어요.

23. 완벽한 청소를 그만두다

100점짜리 청소는 못 하더라도
80점을 매일 유지하는 게 훨씬 낫다

저희 집은 오래된 전통가옥으로 다다미방이 메인이어서 청소를 할 때는 줄곧 빗자루를 이용했습니다. 다다미의 결에 맞춰 쓰윽쓰윽 빗자루를 쓰는 느낌이 좋은 데다 청소기보다 훨씬 빨리 청소가 되거든요.

그런데 빗자루의 단점은 모인 먼지를 쓰레받기에 쓸어 담아야 한다는 거예요. 창문을 열고 청소를 하다 보니 모은 먼지가 바람에 흩어지기도 하고, 제가 꼼꼼하지 못한 탓에 최후의 한 톨까지 먼지를 완벽히 제거하지 못하기도 합니다. 게다가 가구와 가구 사이의 먼지는 제거할 수 없어서 왠지 모르게 청소를 덜한 기분이 들었지요.

그래서 유선 청소기를 샀습니다. 무선 청소기가 편하다는 이야기는 들었지만, 흡입력이나 지구력은 역시 유선 청소기만 못하다고 생각했기 때문입니다.

그런데 수납장에서 청소기를 꺼내 코드를 연결하고 청소기를 돌리는 이 과정이 생각만 해도 번거로운 거예요. 결국 일주일에 한 번 청소기를 돌리면 양호한 편이었어요.

저는 먼지가 풀풀 날려도 전혀 개의치 않는 성격이라 깔끔한 걸 좋아하는 남편이 보다 못해 청소를 하고는 했습니다.

그러다가 "청소는 꼭 더럽지 않아도 매일 하는 겁니다"라는 청소 달인의 이 한마디에 깨달음을 얻어 저도 매일 청소를 하게 되었어요. 매일 청소를 하면 대충 적당히 해도 방이 깨끗이 유지된다는 사실을 처음 알았습니다. 그리고 매일 쓰기에 번거로운 유선 청소기를 치우고 무선 청소기를 쓰기 시작했어요. 어찌나 편한지 깜짝 놀랐습니다.

평소에는 주방 후크에 청소기를 걸어두고, 사용할 때는 한 손에 가볍게 든 채로 스위치만 눌러줍니다. 그러자 청소기 돌리는 일이 전혀 번거롭지 않아졌어요. 흡입력은 이전보다 약할지 모르지만 그래도 매일 청소하니 조금 덜 흡입되면 어떠랴 싶네요. 완벽하게 100점짜리 청소를 하지 못 하더라도 80점을 매일 유지하는 편이 더 깨끗하다는 사실을 실감했습니다.

탤런트 히로미 씨가 후지타 스스무 씨와 함께 펴낸 《작은 휴식의 권유》라는 책에서 한 말을 보고는 깜짝 놀랐습니다. 10년 동안 예능계를 쉬었던 히로미 씨는 과거에 150퍼센트, 200퍼센트의 힘을 일에 쓰지 않으면 성에 차지 않았다고 해요. 그런데 휴식을 거쳐 복귀한 후에는 80퍼센트면 된다고 생각하게 되었다고 합니다. 그는 "휴식이 있었던 덕분에 80퍼센트의 힘 조절로 주위를 살피면 일이 잘 풀린다는 사실을 깨달았습니다"라고 했어요.

100퍼센트를 다 쓰면 남는 연료가 없습니다. 그러면 자신이 계획한 일을 해내는 것만으로도 벅차서 계획 이외의 일에 눈을 돌리지 못하지요. 목적을 향해 직진하는 것밖에 생각하지 못하니 그 길의 옆에 떨어져 있는 큰 행복을 알아차릴 수 없고, 조금만 길을 벗어나면 멋진 풍경이 펼쳐지는데도 그냥 지나칩니다.

저는 프리랜서 작가가 된 후에 줄곧 일만 해왔습니다. 언세나 마감이 있어서 그 시간을 지키며 원고를 넘기는 일이 인생의 최우선 순위였습니다. 무언가 취미생활을 하거나 학원을 다니면 일에 쏟을 수 있는 힘이 약해질 것 같아서 노는 것이 두려웠어요. 그런 저의 융통성 없는 착실함이 참 재미없다는 생각을 요즘에야 하기 시작했습니다.

누구나 한 번뿐인 인생에서 '할 수 있는 일'은 그리 많지 않아요. 회사원은 회사에서 보내는 시간이 인생의 절반을 차지할 테고, 육아를 하는 사람은 아이가 어느 정도 클 때까지 육아가 최우선인 시간을 보내지요. 좋아하는 취미가 있는 사람이라도 거기에 몰두할 수 있는 경우는 드뭅니다.

세상에는 훨씬 다양한 세계가 있다는 걸 알지만 좀처럼 그 문을 열지 못합니다. 눈앞의 일에 몰두하다가도 문득 고개를 들어보았으면 합니다. 내 안의 에너지를 100퍼센트 다 쏟아내려 하지 말고, 살짝 힘을 뺀 후 주위를 이리저리 둘러보고 싶다는 생각을 하게 되네요.

우선은 '해야 한다'고 생각하지만 사실은 '하지 않아도 되는' 일을 찾아보세요. 일상의 아주 사소한 일부터요. 저 역시 유선 청소기를 써야 한다는 생각을 버리고 무선 청소기를 쓰기로 했듯이, 요리나 정리 등의 집안일을 쉬어보는 것도 좋습니다. 이렇게 20퍼센트를 빼놓는 생활을 하고 싶어집니다.

20퍼센트의 여백이 생겼을 때 거기에 무엇이 흘러들어올지 생각해보는 것. 그것은 분명 지금껏 몰두해온 일과는 조금 다른 인생의 재미라는 생각이 들어요.

24. 헬스장 등록을 그만두다

맨 처음 배울 때는 전문가에게 제대로,

방법을 익히면 집에서 꾸준히!

저는 뭔가를 배울 때 돈이 좀 들더라도 일대일 수업이나 개인 트레이닝을 선호하는 편입니다. 왜냐하면 단기간에 제대로 배우고 싶거든요. 뭔가를 처음 시작할 때, 그게 나한테 맞는지 아닌지는 해보지 않고는 알 수 없습니다. 선생님이나 트레이너와 일대일로 마주하고 배우는 편이 훨씬 이해가 잘되지요. 그렇게 시작해보고 나에게 잘 맞아 오래 계속하고 싶어지면 그룹 레슨으로 바꾸면 됩니다.

저는 30대에 처음 헬스장에 다니기 시작했어요. 저를 담당한 여성 트레이너가 매우 엄한 분이어서 매번 거친 숨을 내쉬며 덤벨을 들어 올리고 체스트 프레스를 했습니다.

신기하게도 저 혼자서는 다섯 번밖에 못하던 걸 옆에서 트레이너가 "더! 더 할 수 있어요!" 하고 응원하면 열 번도 해내고는 했습니다.

효과는 눈에 띄게 나타나서 체중이 무려 7킬로그램이나 줄었어요. 그런데 이사를 하면서 헬스장에 다니기가 어려워지니 자연스레 발길을 끊게 되고, 요요현상이 오면서 체중이 원래대로 돌아와버렸습니다.

5년쯤 전에는 요가에 도전했어요. 지인이 "요가는 자기 자신을 비우기 위한 거예요. 비워보면 얼마나 개운한지 몰라요"라고 말하기에 나도 해야겠다 싶었지요.

다만 저는 어릴 때부터 몸이 굉장히 뻣뻣한 편이어서 초등학교 시절에 신체검사를 할 때면 몸을 앞으로 굽히는 자세가 너무 힘들었습니다. 몸을 숙였을 때 바닥에 손이 닿지도 않을 뿐더러 한 자세로 오래 앉아 있는 것도 쉽지 않았어요. 이런 상태라도 괜찮을까 반신반의하는 마음으로 집 근처 요가 학원에 등록했습니다.

다녀보고 알게 된 것은 강사의 말이 매우 효과적이라는 사실이었어요. 요가의 아사나(포즈)를 취하면서 "지금 머릿속에 있는 것은 보자기에 싸서 살짝 옆에 내려놓니다"하고 말해주니, 짜증나는 일이 있다가도 요가를 마칠 때쯤이면 마음이 개운하게 정리되어 있었습니다.

다만 일주일에 한 번으로는 몸이 유연해지기 힘들더군요. 그래서 조금 익숙해졌을 때 매일 아침 셀프 트레이닝을 해보기로 했습니다.

거실 바닥에 요가 매트를 깔고 처음에는 앉아서 눈을 감은 채 호흡하는 것부터 시작했어요. 바쁠 때는 아침에 눈뜨자마자 컴퓨터 앞에 앉는 생활을 하던 저로서는 단지 그것만으로도 마음이 훨씬 안정되었습니다.

그렇게 매일 30분씩, 못 하는 날은 못 하는 채로 느긋하게 지속했더니 이제는 다리를 뻗고 앉은 상태에서 발끝에 손이 닿지 않겠어요. 두 발을 모으고 서서 몸을 숙이면 바닥에 손이 닿기도 합니다. 어쨌든 계속하면 이 나이에도 몸은 달라진다! 저로서는 굉장한 발견이었습니다.

그래서 이번에는 요가와 요가 사이에 스트레칭과 근육 트레이닝을 추가해봤어요. 몸을 살짝 풀어준 후에 복근 운동을 20회 하고, 마지막으로 스쿼트를 30회 진행하는 식입니다. 처음에는 스쿼트를 5회만 해도 다리가 후들거리고, 복근 운동은 겨우 10회도 해낼까 말까였지만 계속하다 보니 횟수가 늘어나서 지금은 쉽게 끝냅니다. 조금씩 허리 사이즈가 줄어들고 체중도 2킬로그램 정도 빠졌어요. 그런 경험을 통해 매일 스스로 하는 편이 훨씬 효과적이라는 걸 깨달았습니다.

물론 처음에는 올바른 자세나 포즈를 익히는 것이 중요하지요. 개인 트레이닝을 통해 단기간에 습득한 다음, 스스로 매일 꾸준히 지속하는 편이 효과적입니다. 효과가 눈에 보이니 신이 나서 계속하고 싶어지는 선순환이 생겨나요.

대개 체중 감량이나 체력 향상을 목표로 헬스장에 다니는데, 잘 생각해보면 우리 주위에는 실상 목적과 행동이 잘 이어지지 않고 자기도 모르는 사이에 멀리 돌아가고 있는 경우가 많아요. 그러니 당연하다고 믿고 있는 방법이나 과정을 한 번쯤 그만둬보는 일이 필요합니다. 그러면 목적과 최단거리로 이어지는 새로운 방법이 눈에 들어올지도 모르거든요.

목적에 도달하려면 누군가에게 배워야 한다고 생각하

겠지만, 사실은 어떻게 달성할 수 있는지 그 과정만 배우는 겁니다. 그 이후가 정말로 중요하지요. 배운 것을 매일 지속하면서 자신의 것으로 만들어야 하니까요. 어떻게 자기 생활 속에 자리 잡게 만들고 정착시켜 습관화시키느냐에 따라 승부가 납니다.

인생의 다른 일반적인 일도 마찬가지일 거예요. 평소하던 일이나 일상을 한번 살펴보세요. 복잡하고 불필요한 회로를 일단 끊어준 후, 목적과 최단거리로 이어지는 회로를 새로 만들어보았으면 합니다.

25. 고급 리넨 사치를 그만두다

최고급 린넨을 사서 써보니

왠지 대접받는 느낌이 들었지만…

30대 시절, 멋진 잡지에서는 하나같이 '리넨'에 대한 특집을 실었습니다. 유럽의 가정에서는 딸이 시집갈 때 엄마가 시트부터 수건까지 집에서 쓸 아름다운 리넨을 준비해준다는 내용이나, 시원한 질감이 여름에는 차갑고 겨울에는 따뜻하며 보습성과 건조성이 뛰어나며 튼튼해서 오래 쓸 수 있다는 특징 등에 대해서 말이에요.

저도 당장 리넨을 사용해보기로 했습니다. 우선은 주방에서 그릇을 닦는 데 써보았는데, 유리를 닦아도 흔적이 남지 않고 반짝거려서 적잖이 놀랐던 기억이 납니다. 게다가 젖었다가도 금세 빳빳하게 마르더군요.

그런데 사실 그런 기능성보다도 생활 속에서 리넨을 사용한다는 멋스러운 느낌이 좋았던 것 같아요. 조금씩 집 안의 패브릭을 리넨으로 바꾸기 시작했어요. 시트, 목욕 수건, 핸드 타월, 파자마 등. 그것도 벨기에 최고급 리넨인 리베코 같은 걸로 말이에요. 당시 제 수입으로는 절벽에서 뛰어내릴 용기가 아니고서야 살 수 없는 고가의 리넨마저 구입하고는 홀로 감격해 마지않았지요.

목욕 수건은 한 장에 5천 엔, 파자마는 2만 엔 정도의 가격이어서 당연히 한 장씩밖에 사지 못했고, 아침에 세탁해 저녁에 쓰며 살았습니다. 그런데도 직접 피부에 닿는 것을 기분 좋은 질감의 고급 리넨으로 바꾸고 나니, 그걸 쓰는 날은 왠지 제 자신이 귀한 사람이 된 듯 기뻤습니다.

자신의 수입 중에서 주로 무엇에 돈을 쓰는가? 그것은 그 사람의 삶의 방식과 직결됩니다. 젊을 때는 무리를 해서라도 동경하던 것을 손에 넣어 '돈'으로 '경험'을 사는 시기지요. 그런 인풋이 조금 진정되면 이번에는 '이게 정말 나한테 매일 필요한가?' 하고 한걸음 물러서서 바라보게 됩니다.

40대 중반 무렵부터 '꼭 리넨이어야 할까? 코튼을 쓰면 어떨까?' 싶은 생각을 하게 됐어요. 그래서 시트는 무인양품의 오가닉 코튼으로, 수건은 이마바리타올의 코튼으로 바꾸었습니다. 목욕 수건은 한 장에 2천 엔이고, 무인양품의 코튼가제 파자마는 3천 엔입니다. 써보니 그동안 왜 리넨을 고집했나 싶을 만큼 전혀 사용하기에 문제가 없었어요. 다만 여름 시트는 역시 시원한 소재에 느낌이 좋은 리넨을 쓰기로 했답니다. 부엌에서 그릇을 닦는 천도 건조성이 뛰어난 리넨을 쓰고 있어요.

젊은 시절의 저는 '리넨을 쓰는 제가 멋지지 않나요?' 하고 말하고 싶었던 것뿐이라는 생각이 들어요. 등을 곧게 펴고 고가의 리넨을 사면서 그것을 사용하는 부류에 속한 듯한 기분을 만끽했던 것인지도 모르지요. 하지만 그것이 꼭 리넨이어야 할 필요성은 조금도 이해하지 못했습니다.

세상에는 좋은 물건이 많지요. '더, 조금 더' 하고 높은 곳을 바라면 더 질 좋은 것, 더 값비싼 것이 계속 등장합니다. 그 속에서 제 분수를 알기란 생각만큼 쉽지 않아요.

어릴 땐 무엇과 무엇을 손에 넣으면 행복해질까, 어떤 일을 하고 얼마를 벌면 행복을 손에 쥘 수 있을까를 고민했습니다. 그런데 문득 주위를 둘러보면 부족한 듯 생활하면서도 행복하다는 사람이 있는 반면, 고급 차를 타면서도 늘 불안해하는 사람이 있었어요. 행복해지는 방법을 이리저리 찾기보다는 행복하다고 느끼는 마음을 갈고닦는 편이 훨씬 빠르다는 것을 알았습니다.

물건을 사는 것도 다르지 않아요. 무엇을 가지느냐보다 어떻게 쓸지가 더 중요하지요. 아무리 좋은 냄비를 가지고 있어도, 옛날부터 써오던 알루미늄 냄비 하나로 탕부터 스튜까지 여러 요리를 만들어내는 어머니의 솜씨를 못 당합니다. 그것을 마음에 새겨놓고, 무언가 하나를 손에 넣으면 열심히 잘 활용했으면 해요.

주말이면 매번 시트와 이불 커버를 세탁합니다. 덤으로 방석도 햇볕에 말리고, 그 사이에 침대 밑을 청소하고 물걸레질을 하지요. 깨끗해진 침실에서 바싹 마른 시트를 까는 것이 얼마나 기분 좋은 일인지 몰라요. 이렇게 자신의 시간을 이어가는 것이야말로 물건을 사는 목적임을 잊지 않았으면 합니다.

26. 자유분방한 소비 습관을 그만두다

갓고 싶은 건 돈이 있으면 샀다

마흔이 넘어서야 저축을 시작했다

프리랜서 작가인 저는 수입이 매우 불안정합니다. 목돈이 들어올 때도 있지만 한 푼도 안 들어오는 달도 있어요. 내년 수입이 얼마나 될지도 알 수 없는데, 그런 현실을 직시하는 것이 두려워 줄곧 돈에 관해서는 통장을 흘깃 스쳐보는 정도에 그치며 회피해왔습니다.

당연히 저축 계획도 전혀 없었어요. 매달 3만 엔씩이라고 저축액을 정해둬도 수입 없는 달이 있을지도 모르니까요. 연말정산은 "영수증을 모아서 전달하면 대신 해주는 사람이 있대요"라며 소개받은 회계사무소에 일임했고, 정말로 주먹구구식으로 살았습니다. 늘 이래서는 안 된다고 생각하면서도 대체 어디서부터 손을 대고 관리를 해야 할지 짐작조차 되지 않았거든요.

자산이 얼마나 되는지 파악하고 있지 않으니 갖고 싶은 것은 수중에 돈이 있으면 사곤 했어요. 제 경우에는 그릇 만드는 작가를 취재하러 가면 그릇을 사는 식으로 사람들을 만나는 데도 돈이 드는 편이에요. 게다가 직업 특성상 직접 써보지 않으면 모른다는 생각으로, 돈으로 경험을 사는 측면도 있어서 지갑의 잔고를 파악하지 않은 채 소비를 했습니다.

이대로는 정말 위험하겠어, 진지하게 이런 생각을 한 것은 무려 마흔이 넘어서였어요. 일단 매달 일정 금액을 정기예금에 넣기로 했습니다. 못 넣는 달이 생길지도 모르지만 그건 그때 생각하기로 하고요.

그러자 평소에는 바빠서 잊고 지내다가도 문득 통장을 꺼내 보게 되더군요. 어? 돈이 모이고 있네? 너무나 기뻤습니다. 이런 제 수준이 창피할 따름이지만, 저축액의 숫자는 확실히 늘어나고 있다는 사실을 처음으로 실감했습니다.

그리하여 알게 된 것이 바로, 돈은 결정하고 행동하지 않으면 점점 사라질 뿐이라는 사실이었어요. 미래를 예측하는 건 불가능할지 몰라도 눈 딱 감고 매달 얼마를 정해 확실히 그것만큼은 남겨두는 것. 조금 더 일찍 이런 깨달음을 얻었더라면 하고 후회를 했습니다.

동시에 한 달 동안 나는 얼마를 쓰고 있는지도 파악해

야겠다는 생각이 들었어요. 지금까지 가계부를 써본 적이 전혀 없었거든요. 일단 한 달만이라도 수입과 지출을 적어보기로 했습니다. 취재를 하며 편리한 애플리케이션을 알게 된 것이 계기가 되었어요. 스마트폰으로 영수증 사진을 찍기만 하면 되는 가계부 앱인데, 막상 해보니 귀찮아서 도중에 몇 번이나 그만둘까 했지만 어떻게든 한 달은 노력해보기로 했어요.

그 결과 깜짝 놀랐습니다. 어마어마한 돈을 식비로 사용하고 있었다는 걸 알았거든요.

저희 집에서 가장 가까운 슈퍼는 도큐푸드쇼입니다. 귀찮은 마음에 여기서 사는 경우가 많았는데, 백화점 지하에 입점해 있다 보니 소위 말하는 고급 슈퍼에 속해요. 거기서 이것저것 식재료를 사왔으니 식비가 많이 드는 건 당연했습니다.

그걸 지금에야 알게 되다니 저도 참 너무하지요. 그래서 이후로는 채소만큼은 신선하고 좋은 것을 사고 싶으니 도큐푸드쇼에서 사고, 나머지는 저렴한 대형 슈퍼마켓에서 구입하는 식으로 하고 있습니다.

요즘은 앞서 언급한 회계사무소의 세무사분이 참관하는 자리에서 제가 직접 모든 경비를 입력해요. 아직 입력하는 것만으로도 벅차서 전체적인 흐름을 파악하거나 분석하는 수준까지는 도달하지 못했지만, 한걸음 전진한 셈입니다.

　저는 어딘가 모르게 완벽주의적인 면이 있어서 이왕할 거면 완벽하게 해야 된다고 생각합니다. 반대로 어차피 안 되겠다 싶은 생각이 손톱만큼이라도 들면 금세 의욕을 잃어버리죠. 실패한 결과를 마주하기가 싫어서, 차라리 안 하는 편이 낫겠다는 묘한 자존심을 세우는 걸지도 모르겠어요.

　하지만 일상 속에는 할 수 있을지 없을지 모르는 일들이 가득합니다. 본래라면 이 정도면 괜찮겠어 하고 할 수 있다는 확신이 섰을 때 출발하고 싶은데, 그 길이 보이지 않아서 발걸음을 전혀 뗄 수 없는 일들이 많지요.

　저축이라는 미지의 세계를 체험해보고 느낀 것은 일단 출발해보는 것도 꽤 효과적이라는 사실이에요. 전혀 예상되지 않는 일을 한걸음씩 알아가려면 우선 시도해보는 것이 제일 좋은 방법이에요.

중간에 역시 이건 아니라며 되돌아가는 일이 있더라도, 일단은 해보지 않은 이상 그것이 잘못되었다는 사실조차 알 수 없으니까요. 만약 틀린 길이라면 되돌아가서 또 새로운 방향으로 걸어나가면 그만입니다.

어쩌면 제가 주먹구구식으로 살던 시절에 통장을 보지 않았던 것처럼, 우리가 한걸음을 내딛지 못하는 것은 막연한 불안 때문인지도 몰라요. 그곳에 바람이 통하게 하고 빛을 비추어보니 불안은 내 마음이 만들어내는 그늘이었다는 걸 비로소 알게 되었습니다.

27. 결심하기를 그만두다

나는 '의지'의 힘을 믿지 않는다
습관을 갖게 하는 '시스템'을 신뢰한다

저는 빵을 정말 좋아해요. 토스트를 바삭하게 구워서 버터를 듬뿍 발라 반쯤 먹은 다음, 나머지 반쪽에 직접 만든 유자잼을 발라 먹으면 최고로 행복하답니다. 어느 가게의 빵을 먹을지도 중요한 문제여서 이리저리 가게를 둘러보고 발품을 팔기도 합니다. 5년쯤 전에 요코하마의 'ON THE DISH'에 가본 후로는 깊은 맛에 매료되어 2주에 한 번 꼴로 들렀습니다.

　그런데 그렇게 좋아하던 빵에게 작별을 고했어요. 취재를 하며 푸드코디네이터인 에구치 케이코 씨에게 "아침에는 과일을 드시는 게 좋아요"라는 말을 들은 것이 계기가 되었지요. 오전은 '배출'의 시간이라 생각하고 과일만 먹으라고 하네요. '배출 → 섭취 → 흡수'라는 사이클을 몸속에 제대로 만들어두면 변비가 해소되고 몸 상태가 좋아진다면서 말이지요. 따라쟁이인 저는 일주일만 도전해보겠다는 마음으로 토스트를 꾹 참고 사과와 귤, 바나나 등 과일을 접시에 가득 담아서 먹어보았습니다.

　그러자 생각지도 못한 효과가 나타났어요. 변비가 사

라진 것은 물론이고, 당질을 섭취하지 않으니 오전의 업무 능률이 확연히 올라가는 거예요. 그 전에 토스트와 밀크티, 직접 만든 콤포트에 요구르트를 아침으로 먹었을 때는 식후에 원고를 쓰려고 책상 앞에 앉으면 배가 불러서 너무 졸렸거든요. 그런데 과일만 먹으니 전혀 졸리지 않았습니다.

처음에는 정말 딱 일주일만 도전해볼 생각이었지만 막상 차이를 온몸으로 느끼고 나니 억지로라도 당질의 아침 식사를 포기할 수밖에 없었습니다. 대신에 취재를 가지 않고 집에서 일하는 날에는 점심에 아침 식사를 하듯이 토스트 세트를 먹기로 했어요. 제가 탄수화물을 섭취하는 것은 이때의 점심뿐입니다.

지금의 남편과 함께 살기 시작한 것은 이 집으로 이사 온 후부터예요. 제가 마흔이 되었을 때의 일이지요. 그 전에도 이웃에 살았기 때문에 자주 밥을 먹으러 저희 집에 왔지만, 함께 살게 되니 거의 매일 저녁을 함께 먹게 되었습니다.

혼자일 때는 파스타를 해먹거나 그릇을 하나만 사용해 밥 옆에 반찬을 담아서 간편하게 먹었어요. 그런데 둘이 되자 나름대로 여러 가지 반찬을 식탁에 올리게 되었습니다. 게다가 남편은 애주가여서 반찬을 안주 삼아 맥주나 청주, 와인 등을 조금씩 마셔요. 옛날에는 술을 다 마신 후에 밥과 된장국을 준비했지만, 눈에 띄게 살이 찌는지라 더 이상 그럴 수 없다고 결심했어요. 이후로 저희 집에서는 밥하는 일이 거의 없어졌습니다.

외식 스타일도 완전히 달라졌어요. 밥이나 빵, 면으로 배를 채우면 왠지 기분이 별로여서 가급적 채소를 중심으로 육류나 생선을 곁들여 먹으려고 합니다. 지금은 반찬을 아담하게 담아서 내놓는 선술집이나 채소가 많이 들어간 음식을 파는 식당을 찾아갑니다.

하지만 때때로 하얀 쌀밥이 몹시 먹고 싶어져요. 그런 날은 아침 식사 같은 저녁을 만듭니다. 뚝배기로 밥을 짓고 생선을 구운 후, 채소절임과 바지락된장국을 준비합니다. 남편은 "료칸의 아침 식사 같네"라고 좋아하며 이날만큼은 술을 마시지 않고 맛있게 밥을 먹지요.

이런 경험을 통해 사람의 몸은 그가 먹은 음식으로 만들어진다는 사실을 실감하게 되었습니다. 무엇을 먹느냐에 따라 건강 상태도, 마음의 안정도, 두뇌 회전도 달라진다는 것을요.

하지만 무엇을 먹었을 때 자신의 몸이 어떻게 달라지는지는 해보지 않고는 몰라요. 그러니 조금씩 무언가를 평소 먹던 메뉴에 추가해보거나, 무언가를 섭취하지 않도록 해보세요. 그렇게 하면서 몸의 소리에 귀를 기울이는 거예요.

그런 실험의 계기가 되는 것이 바로 건강에 좋다는 음식 정보입니다. 혼자서는 지금까지의 식생활을 바꾸려는 생각을 하기 쉽지 않으니까요. 믿을 만한 사람이 좋다고 추천해주면 저는 가급적 순순히 따라해보려고 합니다. 내 몸이 민감하게 반응하는 것만 지속하면 된다는 생각으로 말이지요.

맑은 마음으로 살고 싶다, 일의 능률을 올리고 싶다, 집안일을 착착 빠르게 해내는 사람이 되고 싶다, 그런 결심만으로 나를 바꾸려고 해도 좀처럼 쉽지 않아요. '내일부터는 진짜 열심히 할 거야!' 하고는 금세 좌절하기를 여러 번. 실패를 거듭하면서 저는 '의지'의 힘을 신뢰하지 않게 되었습니다. 그보다는 주위의 '환경'을 갖추고 자연스레 나의 힘을 헛되지 않게 쓸 수 있는 '시스템'을 만들면 돼요.

음식은 그런 환경을 만드는 중요한 요소입니다. 토스트를 사과와 귤, 바나나로 바꾸는 것. 단지 그것만으로도 '할 수 있는 일'이 훨씬 많아진답니다.

제철 과일로 잼을 만들다

잡지 촬영할 때 썼던 '잼용 냄비'를 받았습니다. 요리 전문가인 고보리 키요미 씨가 감수를 해주신 통 새실의 편수 냄비예요. 이 냄비는 아주 작은 사이즈라는 것이 포인트지요. 사과 두 개, 딸기 한 팩으로 소량의 잼을 만들 수 있습니다. 저녁 식사 준비를 마친 후 남편의 귀가를 기다리는 동안이나, 휴일 점심에 설거지를 끝낸 다음처럼 어중간한 시간을 이용하면 금세 두 병 정도의 잼이 완성돼요.

사실 저는 유자잼을 너무 좋아해서 매년 초봄이면 1년 동안 먹을 잼을 끓입니다. 너무 달지 않고 상큼한 향이 나서 기분도 좋아져요. 오랜 세월 '나는 유자잼이 아니면 필요 없어'라며 완고한 생각을 가지고 살았습니다.

그런데 잼용 냄비를 받고는 다른 잼도 한번 만들어볼까 하는 마음이 생겼어요. 마침 한겨울이어서 사과잼을 만들어보았습니다. 토스트 위에 발라 먹으면 마치 애플파이 같아요. 지금은 멋진 잼을 파는 곳이 많지만, 전 직접 만들어 먹는 게 훨씬 맛있더라고요. 기분이 좋아져서 다음에는 딸기, 무화과 같은 여러 가지 잼을 만들어봤어요.

제철 과일을 사용해 그때그때 잼을 만들면 계절의 축복을 통째로 받는 기분이 들어요. 그러고 보니 '아, 나는 오랜 세월 얼마나 손해를 본 거지?'라는 생각이 들지 뭐예요. 그 어떤 과일보다 유자잼이 맛있다고 믿고 유자잼이 아니면 필요 없다고 단언하며 마치 제가 맛에 대해 꽤 잘 아는 사람인 양 굴었던 것 같아요.

이것저것 다 좋다고 하는 것보다 "이것 말고는 안 먹어"라는 게 더 멋있다고 여기는 마음이 있었나 봅니다. 그런데 그런 집착을 놓아버리니 제철 과일의 맛을 다양하게 즐길 수 있어서 계절이 바뀌는 것이 기다려지기도 해요.

젊은 시절의 저는 분명 많은 것 중에서 '이것' 하고 저만의 특별한 취향을 분명히 드러내는 사람이 되고 싶었던 거예요. 하지만 지금은 눈앞에 좋아 보이는 것이 있으면 순순히 손을 뻗는 사람이 되고 싶습니다. 멋을 부리기보다는 그 순간을 즐기면 그걸로 되었다고 여기는 것. 작은 잼용 냄비가 가르쳐준 교훈입니다.

스타일 — 피곤한 겉치레는 그만

Part 4

자기관리의 방식을 바꾸다
- 신예희 《돈지랄의 기쁨과 슬픔》 등 저자) -

오랜만에 만난 친구가 말했다.

"보통 우리 나이쯤 되면 스타일이 딱 굳어지잖아."

그러니까, 옷이든 머리 스타일이든 립스틱 색깔이든 20~30대엔 온갖 걸 다 시도해보지만 40대쯤 되면 자신에게 어울리는 걸 찾아 그대로 쭉 가지 않느냐는 얘기다.

"그런데 너는 달라. 희한하게 볼 때마다 스타일이 달라져 있어."

나는 이 말을 칭찬으로 받아들였다. 최근엔 몇 달 전

말레이시아 여행 중에 잔뜩 사온 바틱 의상을 신나게 입고 있다. 바틱이란 이 지역의 전통 염색 기법인데, 화려한 색과 무늬가 가득한 천으로 아주 넉넉하고 치렁치렁한 긴 옷을 만든다. 그걸 입은 내 모습은 끝내주게 멋있다. 팔을 번쩍 들면 왠지 기우제를 지내는 주술사 같다.

30대엔 각 잡힌 사람으로 보이는 것이 목표였다. 그래야 일 잘하는 프로페셔널로 보일 거라고 생각했다. 옷장엔 똑 떨어지는 정장이, 신발장엔 하이힐이 그득했다. 지금은 그런 옷이나 신발을 거의 입고 신지 않는다. 예전의 내 모습을 부정하거나 지우려는 것이 아니다. 그때의 나는 나를 좋아했고 오늘의 나도 나를 좋아한다. 그저 40대 중반이 되니 스판기 없는 옷과 볼 좁은 구두가 힘들어져 바이바이 했을 뿐이다. 스타일은 언제든 바꿀 수 있는 것이다. 그깟 게 뭐라고.

몸이 불편하면 짜증이 나고, 짜증이 나면 얼굴에서 티가 난다. 나는 많이 웃고 싶다. 마주치는 사람들을 기쁘게 반기고 싶다. 그래서 와이어가 들어간 브라를 가벼운 브라렛으로 바꾸었고, 어지간하면 노브라로 생활한다. 품이 넉넉하고 가벼운 옷을 입는다. 피부화장을 거의 하지 않고, 손에 물을 묻혀 머리를 쓱쓱 만진다. 꽉 조이거나 거치적거리는 게 사라지니 한 번이라도 더 웃게 된다. 내 몸과 마음의 쾌적함이 무엇보다 중요하다. 그래야 다른 사람에게 뭐가 되었든 좀 잘해줄 마음이 생긴다.

나는 매일 변한다. 나이를 먹어가고 몸이 변한다. 나를 둘러싼 모든 것이 흘러가니 나도 함께 흐른다. 50대에 어떤 스타일로 나를 치장할지 지금은 상상도 할 수 없다. 분명히, 아주 멋있을 것이다.

28. 피부 화장을 그만두다

수정이 어려운 파운데이션은 그만,
대신 자외선차단제는 꼭 챙겨 바를 것

문득 주위를 둘러보니 화장을 안 하는 사람들이 늘어났습니다. 눈썹도 가볍게 그리고 립스틱만 바르는 정도. 그런 사람들은 대개 등이 곧게 펴져 있으며 당당하고 멋집니다. 저도 언젠가는 화장을 그만두고 싶다고 생각하면서도 좀처럼 실천하지 못했어요. 그중에서도 파운데이션과 작별하기가 힘들었지요.

일 때문에 이리저리 바쁘게 이동하다 보면 여름에는 얼굴이 땀범벅입니다. 같이 일하는 카메라맨 바바 와카나 씨는 늘 맨얼굴이어서 촬영이 끝나면 바로 세면대에서 시원하게 세수를 하고 얼굴을 닦습니다. 그 모습이 얼마나 청량하고 시원해 보이는지, 부럽기 그지없었어요.

여자분들은 아시다시피, 액상 파운데이션을 바른 상태로 외출지에서 화장을 다시 고치기란 쉽지 않잖아요. 하물며 세면대에서 세수를 하기란 거의 불가능하지요. 그런 제 자신이 너무 자유롭지 못한 것 같아서 좀 더 가벼워지고 싶다는 생각을 늘 하곤 했어요.

여름이면 딱히 어딜 다녀온 적도 없는데 "휴가 다녀왔어요?"라는 질문을 자주 받곤 합니다. 피부가 잘 그을리는 체질이라 금세 까매지거든요. 저는 그렇게 까만 피부가 언제나 콤플렉스였습니다. 얼굴이 희면 인물이 더 예뻐 보이는 것 같아 저같이 희고 결이 고운 피부가 아니라면 화장을 안 하고 다니기란 불가능하다고 생각했었어요.

저는 대학생 때 처음으로 화장을 했습니다. 어떻게 해야 하는지도 몰라서 엄마와 함께 백화점에 가서 직원이 권하는 대로 파운데이션부터 아이섀도, 립스틱까지 모조리 구비했어요.

그 후, 버블 세대가 된 탓도 있어서인지 화장은 점점 더 진해졌고 직장 다니던 시절에는 샤넬의 아이섀도로 눈 주위를 또렷하게 칠하고, 입술에는 차가운 느낌의 핑크색 립스틱을 발랐습니다. 인기 있는 여자가 되고 싶다는 마음으로 가득 찼던 시절이기도 해요.

이후로 프리랜서 작가가 되면서 복장도 캐주얼을 선

호하게 되고 화장도 점차 옅어졌습니다. 마흔이 지날 무렵부터는 눈화장을 그만두었어요. 눈꺼풀의 주름과 색소 침착이 염려되었고, 아이섀도를 바르는 것보다 아무것도 안하는 편이 눈이 훨씬 시원해 보이는 느낌이었습니다. 눈화장은 생각보다도 훨씬 쉽게 그만둔 셈이지요.

〈어른이 되면 입고 싶은 옷〉에서 화장에 대한 특집을 실은 적이 있어요. 프로 헤어메이크업 아티스트가 알려준, 나이 먹은 후의 '어른의 화장'은 철저히 '덜어내기'가 핵심이었습니다. 파운데이션은 손에 덜어서 손바닥으로 잘 펴발라주기만 하면 돼요. 그것을 들은 후로 저도 조금씩 매일 아침 사용하는 액상 파운데이션의 양을 줄이기 시작했습니다.

화장을 완전히 그만둔 것은 올해 들어서예요. 레미오라는 모로코의 아르간오일을 소개하는 분을 만난 것이 계기가 되었지요. 저보다 조금 연배가 많은 그 여성분은 전혀 화장을 하지 않으셨습니다. 남자들이 입을 법한 스웨터와 데님을 가볍게 걸치고, 두껍고 야무진 눈썹을 그대로 둔 모습이었어요. 특별히 결이 곱거나 예쁜 피부도 아니었고, 주름과 기미도 있었습니다. 그런데도 있는 그대로를 받아들인 그 모습이 너무나 아름답게 느껴졌어요. 그 영향으로 저도 자연스레 화장을 그만두게 되었습니다.

파운데이션과 작별하려면 우선 건강한 민낯의 힘을 키워야 해요. 그녀가 알려준 대로 저도 세안 후에 아르간 오일을 얇게 바른 후 로즈워터를 살짝 뿌려줍니다. 오일을 바른 후에 화장수를 뿌리면 보습 효과가 있어서 피부가 촉촉해진다나요. 그다음에는 제가 사용하는 로션으로 마무리합니다.

이렇게 한 달쯤 관리했더니 피부가 좋아졌다는 걸 실감하게 되었어요. 그러고는 드디어 파운데이션에게 굿바이 인사를 했습니다.

물론 자외선차단제만큼은 꼭 바른 뒤, 가볍게 파우더로 털어줍니다. 눈썹을 다듬고 안색이 나빠 보이지 않도록 립스틱만 살짝 바르면 완성! 여태까지도 화장에 시간을 많이 들인 편은 아니지만, 한 과정만 덜어내도 아침 단장이 훨씬 덜 부담스러워졌어요. 끈적이는 액상 파운데이션으로 손을 더럽힐 필요도 없고, 샤샤삭 톡톡 하면 끝나니까요. 게다가 땀을 손수건으로 닦았을 때 파운데이션 색이 묻을 일도 없어졌습니다.

당연시하며 계속해오던 일을 그만두는 것에는 때로 용기가 필요해요. 그렇기에 '그만두었을 때' 삶의 변화는 상상했던 것보다 훨씬 큰 법이지요.

"다녀오겠습니다!" 하고 현관을 나선 후 자전거 페달을 밟으면 피부에 닿는 바람이 느껴져요. 가볍고 부드러운 바람이 두 뺨을 스치면 마치 깨끗하게 새로 태어난 듯한 기분입니다.

29. 예쁘고 불편한 구두 신기를 그만두다

발이 피곤하면 만사가 피곤한 법
편하면서도 스타일리시한 신발을 골라보자

저는 키가 167센티미터로 큰 편이어서 젊었을 때부터 굽이 낮은 신발만 신었습니다. 여성스러운 구두를 신고 싶어서 심사숙고해 고른 것이 발레슈즈같이 귀여우면서도 고상한 구두였어요. 그런데 10년쯤 전부터 취재를 하며 알게 된 수족냉증 제거법을 시도하면서 양말을 네 켤레나 겹쳐 신게 되었어요. 그러자 구두에 발이 들어가지 않았지요.

그즈음 '쇼세'의 구두를 알게 되었습니다. 'chausser'란 프랑스어로 '신다'라는 뜻이라고 하네요. 이름대로 사람들이 '신었을 때' 각자의 이야기를 풀어낼 수 있는 심플함을 자랑합니다. 그리고 무엇보다 발에 딱 맞으면서 신기가 편해요. 이때 저는 처음으로 레이스업 슈즈라는 것을 알게 되었습니다.

끈으로 묶는 묵직한 '아저씨 구두'를 신어보니 발이 단단히 조여지면서 남성복과 잘 어울리겠다 싶었어요. 이후로 저는 조금씩 예전의 구두를 버리고 새로 사게 되었습니다. 지금 제 신발의 90퍼센트는 쇼세의 레이스업 슈즈가 차지하고 있어요.

달라진 건 겉모습뿐만이 아닙니다. 예쁘고 고상해 보이는 구두는 신발 바닥이 얇아서 오래 걸으면 쉽게 피로해집니다.

하지만 발을 잘 잡아주는 구두를 신으면 상대적으로 덜 피로하지요. 피로감이 너무나도 다르다는 사실에 깜짝 놀랄 정도였어요. 취재를 하느라 여기저기 돌아다녀도 쌩쌩합니다. 예전 같으면 벌써 여러 번을 쉬었어야 할 텐데 말이지요.

그런 저의 신발장에 2~3년 전부터 추가된 것이 바로 운동화입니다. 예전에는 운동화를 신으면 복장이 너무 캐주얼한 느낌이 들어서 어색했어요. 하지만 취재지에서 만난 어느 여성이 운동화를 멋지게 신은 모습을 보고 저도 그렇게 해야겠다고 결심했습니다.

그러자 운동화가 이렇게 편한 것이라는 사실을 새삼스레 느끼고 감동했어요. 지금은 〈생활의 배꼽〉 행사처럼 하루 종일 서 있어야 하는 날이나 지방 출장을 갈 때는 반드시 운동화를 신습니다.

일을 잘하기 위해 가장 중요한 것은 체력이라는 사실을 자주 느낍니다. 젊을 때는 밤을 새울 수도 있었고 조금 힘든 일정이라도 소화가 가능했습니다. 하지만 나이가 들면서 그렇게 무리한 힘을 쓸 수가 없게 되었어요.

똑같이 밤하늘의 별을 바라보아도 몸과 마음이 산뜻하면 그 빛이 가슴에 스며듭니다. 하지만 몸이 무겁고 지쳐 있으면 아무것도 느낄 수가 없지요. 아름다운 하늘을 바라보고 있는데도 눈에 들어오지 않는 상황.

누군가를 만나거나, 책을 읽고, 새로운 것을 발견하는 등 모든 상황에서 마찬가지입니다. 체력이라는 토대가 없으면 민감하게 반응하는 안테나의 감도를 높이는 것도, 거기서 무언가를 느끼는 유연한 마음도 키울 수 없는 법이지요.

몇 년 전 〈생활의 배꼽〉의 별권으로 〈우선은 몸을 정비하다〉라는 무크지를 만들었습니다. 그야말로 '머리와 마음을 정비하기 전에 우선 몸을 정비하자'는 취지의 내용이었지요.

어떻게 하기 힘들 만큼 침울할 때는 이것저것 생각하기보다 잠을 푹 자는 편이 낫다는 것. 잘 자고 나서 눈을 뜨면 머리도 마음도 맑아져서 하늘에서 쏟아지는 좋은 아이디어를 손으로 잡기만 하면 돼요.

몸을 피곤하게 만드는 구두와 작별하는 것은 그런 체력을 손에 넣기 위한 수단 중 하나입니다. 발이 피곤하면 집중력이 떨어집니다. 조금 더 힘을 낼 수 있을 것 같은 순간에도 그냥 이쯤에서 마무리해야겠다며 포기하게 되지요.

하지만 인터뷰의 마지막 질문 하나가 상대방의 진심을 이끌어내기도 하고, 여행을 갔을 때도 '조금만 더 가볼까?' 하며 작고 멋진 카페를 발견할 수도 있습니다. '한 걸음 더'의 너머에는 의외로 큰 무언가가 숨어 있을 수 있어요.

어떤 때든 내 발로 걷고, 누군가와 만나 이야기를 듣고, 거기서 느낀 것을 글로 엮고 싶습니다. 인터넷이나 AI를 통해 가상의 체험은 간단해졌지만 실제로 그곳에 가보지 않고는 알 수 없는 것, 느낄 수 없는 것들이 분명히 있습니다. 그래서 제 발을 제대로 지탱시켜주는 신발을 신고 앞으로도 활기차게 나서볼까 해요.

30. 비싼 속옷 구입을 그만두다

나밖에 모르는 투자,

나만의 만족을 위한 사치는 이제 그만

'멋쟁이는 눈에 보이는 옷이 아니라 보이지 않는 속옷에 돈을 쓴다'는 말이 여성지에 자주 나오곤 하죠. 저 역시 젊은 시절에는 큰맘을 먹고 고급 속옷들을 샀었어요. 당시에 그것은 '누군가'를 위한 것이고, 여차하는 순간 '승부'를 위한 도구였습니다.

하지만 어느 정도 나이가 드니 속옷은 누구에게 보여주는 것도 아니고, 나밖에 모르는 사치가 되었습니다. 조금 좋은 속옷을 걸침으로써 잊고 지내던 여성성을 높이는 것.

하지만 고급 속옷은 너무 비쌉니다. 내 생활수준에 비춰보고 그것이 필요한지 아닌지를 생각했을 때 'NO'라는 결론이 나왔습니다.

지금 애용하고 있는 브래지어는 골반체조로 유명한 데라카도 타쿠미 씨가 만들었다는 트림프의 '견갑골의 느낌'이라는 시리즈(지금은 안 나옵니다)의 제품이에요. 그리고 팬티는 장당 1천 엔 내외의 순면 소재, 캐미솔은 무인양품의 유기농 면 제품을 입습니다.

'무엇을 위해 일을 하고 돈을 모으는 걸까?' 하고 고민하던 시기가 있었어요. 취재를 하며 멋진 사람들을 만나면 그 사람이 사용하는 그릇이나 도구, 고급 옷 등 모두 처음 보는 것들인데, 그걸 쓰는 이들의 삶이란 어떤 것인지 너무도 알고 싶었습니다.

그 시절의 저는 '물건'이 욕심났던 것이 아니라 '그것을 사용하는 인생'을 체험하고 싶었던 것 같아요. 그리고 돈은 그런 체험을 사기 위한 도구였지요.

물건의 가치는 자신의 돈을 써서 직접 사고, 생활 속에서 사용해보지 않으면 진정한 의미를 알 수 없습니다. 어떤 그릇이 좋은지 따위를 눈으로만 보고 판단할 수는 없으니까요.

저희 집 부엌에서 스스로 만든 반찬을 담고 식탁으로 옮긴 다음 '우와, 여기에 담으니 맛있어 보인다'거나 '이건 밑바닥 때문에 사용하기에 조금 불편하네' '나도 모르게 이 그릇을 고르게 되는 것 보면 크기가 딱 적당하기 때문이겠지' 하고 여러 가지를 배워갑니다.

옷도 마찬가지예요. '리넨 셔츠의 어떤 점이 좋지?' '캐시미어와 울은 어떻게 다르지?' 하는 것처럼 입어보지 않고는 알 수 없는 것들이 가득해요. 젊을 때는 이렇게 자신에게 투자하고 배우는 시기라고 생각해요.

하지만 언제까지고 끝없이 배우기에는 돈이 아무리 많아도 부족해요. 물론 지금도 새로운 것을 손에 넣고는 '아~ 그런 거구나!' 하고 발견하는 일은 설레고 즐거워요.

하지만 마흔이 넘을 무렵부터 슬슬 인풋의 속도를 완만하게 만들고 싶어졌습니다. 이미 필요한 것은 어느 정도 갖춰진 상태였기에, 이것과 저것을 조합해서 어떻게 사용할지, 이미 가진 것들 속에서 재미를 만들어내는 쪽으로 옮겨간 것이지요.

그리고 무엇에 얼마의 돈을 쓸지도 여러 번 생각하게 되었습니다. '체험'을 사는 것이 아니라 진짜로 일상에 '필요'한 것에 돈을 쓰고 싶었으니까요. 그렇게 생각하자 불필요한 것들이 눈에 보이기 시작했습니다.

고급 속옷도 그중 하나였어요. 지금 저는 몸에 걸친 것조차 잊어버릴 정도의 속옷이 좋아요. 사이즈가 잘 맞고 피부에 닿는 느낌만 좋으면 그 이상의 가치는 필요 없다고 판단했습니다.

예전에 한 편집숍 사장님에게 들었던 말입니다.

"화려한 힐은 차로 외출하면서 걸을 일이 거의 없는 사람이 신는 거예요. 우리 같은 일반 서민에게는 걷기 편한 신발이 제일이지요."

고개를 끄덕일 수밖에 없었습니다. 중요한 것은 '지금의 내 생활'에 맞아야 한다는 것.

나이가 들면서 피부가 민감해져 화학섬유를 걸치면 가려워졌습니다. 그래서 속옷은 기본적으로 면처럼 자연 소재로 된 것을 골라요. 그것만 지키면 합리적인 가격에 살 수 있는 것으로 충분합니다.

한 패션 브랜드의 디자이너를 취재한 적이 있는데, 그녀의 속옷은 전부 검정색이었습니다. "흰 상의를 입었을 때 스킨색의 속옷이 비치면 오히려 더 야하게 보일 것 같아서요. 블랙은 보여도 쿨하게 넘어갈 수 있다고 봐요"라는 말이 인상적이었습니다. 그 후로 저도 속옷은 모두 네이비나 그레이 색상으로 통일하는 편이에요.

이렇게 나름의 원칙으로 정한 것이 서랍 속에 잘 정리되어 있으면 생활이 안정됩니다. 그것은 지금의 제게 불편한 고급 속옷보다 훨씬 중요한 것 같아요.

31. 멋 부린 티가 나는 멋내기를 그만두다

늘 같은 옷이어도 된다
디테일의 변화가 스타일을 완성한다

10년 전 쯤만 해도 제게 멋이란 '애써서' 내는 것이었습니다. 옷을 살 때면 좋은 브랜드의 특색 있는 디자인의 옷을 일부러 찾아냈지요. 외출할 때면 남들보다 센스 있게 보이고 싶고, 멋지게 눈에 띄고 싶다고 생각했어요. 유행의 막차에 어렵게 올라탔지만 무엇을 입어도 마음에 쏙 들지는 않았습니다. 나는 뭐가 어울릴까? 어째서 딱 맞아떨어지는 느낌이 없을까? 이런 생각으로 줄곧 멋을 내는 데는 자신이 없었어요.

그런데 그런 생각이 7년 전, 멋에 대해 모르니 선배들에게 배워야겠다며 〈어른이 되면 입고 싶은 옷〉이라는 무크지를 만들면서 완전히 달라졌습니다. 50대, 60대, 그리고 70대가 되어서도 여전히 멋진 여성들은 하나같이 이렇게 말했거든요.

"보통의 옷이면 됩니다."

정말이요? 처음에 그 말을 들었을 때는 뭔가 석연치 않았습니다. 옷을 고르는 특별한 안목이나 코디의 기술을 알려줄 거라고 생각했으니까요. 보통의 티셔츠, 보통의 치노 팬츠(면바지), 보통의 크루넥 스웨터. 그런 보통의 옷을 고르면 보통의 멋이 되어버릴 거라고 생각했지만 그녀들을 보면 분명히 멋스러웠습니다.

어쩌면 멋은 어떤 옷을 입느냐가 아니라 어떻게 입느냐에 달린 것일지도 모른다고 깨닫게 된 것은 취재를 시작하고 얼마쯤 지났을 때였어요.

'크루넥의 남색 캐시미어 스웨터 아래에 새하얀 리넨 셔츠를 입는다' '소매는 말아서 접어 올려 살짝 흰 셔츠가 엿보이도록 한다' '손목에는 팔찌가 아닌, 가느다란 검정 벨트의 손목시계를 액세서리 대신 찬다' '깔끔한 느낌의 치노 팬츠를 입으면 펌프스를 신어 여성스럽게 마무리하거나, 남성들이 선호할 법한 레이스업 슈즈로 꽉 묶어서 변화를 준다'.

보통의 옷이기에 다른 아이템과 조합하기가 더 쉽고 코디를 할수록 멋스러움이 배가된다는 것. 멋이란 디테일을 더해가는 것이며, 그것들을 어떻게 조합하느냐가 그 사람의 분위기가 된다는 것을 알게 되었습니다.

그런 '어른의 멋'에 또 하나의 새로운 규칙이 더해졌어요. 바로 '언제나 같은 옷이어도 된다'는 것입니다. 이를 알려주신 분은 수필가인 미쓰노 모모 씨예요. 모모 씨는 저서인《흰 셔츠는 백발이 될 때까지 지니고》에서 '늘 다른 옷을 입지 않아도 된다'고 썼습니다.

세계적으로 활약하고 있는 디자이너들은 늘 같은 옷을 입는다고 해요. 조르지오 아르마니나 드리스 반 노튼, 톰 포드 모두 그렇다고 합니다. '피부처럼 익숙한 옷차림을 확립한다는 것은 멋을 둘러싼 여러 걱정거리로부터 해방되고, 해야 할 일에 집중하기 위한 프로의 몸가짐'이라는 것이었어요.

늘 같은 옷을 입어도 괜찮다. 그렇게 생각하자 어깨의 짐이 내려간 기분이 들었습니다. 좋아하는 옷, 마음이 편안해지는 옷은 자연스레 정해지는 법이지요. 저는 화이트 네이비 그레이의 세 가지 색에다, 테이퍼드 팬츠(허리에서 바지 자락으로 내려가면서 통이 점점 좁아지는 바지)에 심플한 스웨터 또는 하얀 셔츠가 평소 스타일입니다.

지금까지는 새로 쇼핑을 할 때면 '지금 있는 것과는 다른 것을 골라야지' '늘 똑같아 보이면 안 되지'라는 생각으로 억지로 새로운 아이템을 고르려고 했어요. 하지만 억지로 고른 옷은 손이 덜 가게 되고, 결국 늘 입는 옷들만 꺼내 입게 되더군요.

이게 내 스타일이라고 정하고 같은 옷을 입으면 일관되게 멋스러움을 유지할 수 있습니다. 그리고 그건 '멋을 포기하는 것'과는 조금 달라요. 남에게는 똑같이 보여도 미묘하게 소재가 다르거나 조합의 밸런스가 달라지거든요. 오늘은 남색의 캐시미어 소재인 넉넉한 스웨터를 입고, 같은 색의 얇은 팬츠를 입어 한 가지 톤으로 맞춰 입어야겠다거나 두꺼운 흰 팬츠에 옅은 그레이의 스웨터를 조합하는 등 디테일한 변화를 즐기는 겁니다. 굳이 새로운 것을 시도할 필요도 없어지고, 멋의 정밀도는 더 높아지니 자신감이 생겨요.

애를 써가며 멋내기를 그만두는 것. 그것은 '누군가에게 보이려는' 멋내기를 그만두는 일이었습니다. 저 사람보다 더 멋있어 보이고 싶다는 마음과 작별하고, 내가 나답게 지낼 수 있는 멋을 추구하기로 한 것이지요.

　이런 멋내기의 효과는 생각보다 훨씬 큽니다. 아침에 거울을 봤을 때 잘 어울리는 옷을 입은 내 모습이 비치면 자신 있게 집을 나설 수 있어요. 오늘은 에나멜 구두를 신어볼까 하고 작은 변화를 즐기는 건 얼마나 설레고 신나는 일인지요.

32. 매일 구두 닦는 습관을 그만두다

지속할 수 있는 최소한의 관리법을 유지한다

애써서 하는 일은 오래가지 않으니까

제 구두의 90퍼센트는 레이스업 슈즈입니다. 검정, 갈색, 네이비, 실버 등 몇 켤레의 구두를 그날 복장에 맞춰 골라 신고 나섭니다. 본래라면 일주일에 한 번은 닦아야 하지만, 귀찮아서 신기 전에 더러운 부분을 살짝 솔로 닦아내는 정도예요.

다만 뒤꿈치가 닳으면 서둘러 근처의 전문점으로 들고 갑니다. 전에는 백화점이나 역 빌딩의 대형 체인점에 가지고 갔지만, 취재를 하면서 구두 수리법에도 여러 방법이 있다는 사실을 알고부터는 장인이 조금이라도 정성껏 수리해주는 편이 낫겠다고 생각해 집 근처 가게에 맡기게 되었습니다.

구두를 너무 좋아해 직접 가게를 차렸다는 주인 부부는 구두 밑창 종류에 대해서도 아주 잘 알고 있어서, 새 구두라도 밑창을 한 장 더 붙여두면 손질이 수월하다는 것과 발끝 부분도 일찍 손을 쓰면 덜 손상된다는 사실들을 알려주었어요.

수리가 끝난 구두를 찾으러 갈 때면 평소 손질을 거의

하지 않는 제 구두에 크림을 깨끗이 발라주면서 "조금 더 소중히 신으시면 좋을 것 같아요~" 하고 웃으면서 관리법을 말씀해주세요. 그럴 때면 "그러게 말이에요~" 하고 대답하며 스스로도 반성을 하지요. 그분이 닦아준 구두는 몰라볼 정도로 반짝거려서 가죽에는 적절한 유분이 필요하구나 하고 몇 번을 감탄했는지 몰라요.

하지만 집에 돌아오면 그 일은 또 까맣게 잊어버리고 신고 나면 그대로 신발장에 넣어버린 후, 다른 구두를 꺼내 신는 일을 반복합니다. 매일 집을 나설 때마다 구두 좀 닦아야 하는데, 찜찜해하다가 어느 날 '그래, 구두는 매번 닦지 않겠어!' 하고 결심해버렸습니다.

총 여덟 켤레의 구두를 순서대로 신으면 한 켤레당 신는 횟수가 그리 많지는 않아요. 그러면 계절이 바뀔 때 모아서 잘 닦아주면 된다고 마음먹은 것이지요. 물론 단상에 오르거나 중요한 약속 전날에는 미리 구두를 닦기도 합니다. 하지만 매일 구두 닦는 습관을 들이는 건 힘들다는 것을 알고 포기하기로 했어요.

살림을 하다 보면 다양한 '손질'이 필요합니다. 새하얀 셔츠는 바로 빨지 않으면 누렇게 변색되거나 목 부분의 때가 착색되기도 하지요. 반대로 캐시미어 스웨터 등은 자주 빨지 않는 편이 좋다고 들었어요.

　저희 집은 오래된 1층 건물이어서 벌레가 많은 탓인지 비싼 캐시미어가 먼저 벌레의 먹이가 됩니다. 그래서 한 번 입은 옷은 옷장에 넣지 않고 행거에 걸어두기로 했습니다. 두세 번쯤 입은 후에 망에 넣어 세탁기로 빨아요. 이것도 본래라면 손세탁을 하는 것이 좋다고 하는데, 그러려면 입기에 부담스럽고 자주 빨지도 않을 것 같아서 세탁기를 이용하기로 마음먹었어요.

　실버 액세서리는 금세 까맣게 변색되기 쉽습니다. 어느 여름 날, 집에 돌아와 거울을 보니 흰 셔츠의 목덜미에 검은 얼룩이 묻어 있는 거예요. 이게 뭐지 싶었는데 목걸이가 거무스름하게 변색된 것이 땀 때문에 셔츠로 번졌지 뭐예요.

　이래서는 안 되겠다 싶어서 당장 실버 연마용 도구를 이용해 닦았습니다. 물론 매일 닦기는 번거로우니 미니 사이즈의 지퍼팩에 목걸이를 하나씩 넣어서 보관하기로 했어요. 공기와 접촉하지 않으면 변색이 훨씬 덜해져서 안심할 수 있거든요.

커피 컵이나 홍차 포트는 금세 찻물이 누렇게 들어 버려요. 그럴 때 확실한 해결법이 있습니다. 그릇 작가 인 이이호시 유미코 씨가 알려준 스카치 브라이트의 스 펀지를 이용하는 방법인데요. 노란 셀룰로오스와 녹색 의 부직포가 붙어 있는 스펀지의 녹색 면으로 문지르면 놀랄 만큼 쉽게 찻물이 제거됩니다. 이를 알고부터는 우 리 집의 컵이나 음료용 도구는 늘 반짝반짝 빛나게 되었 어요.

손질하고 관리하면 좋지만, 바쁘거나 번거로워서 못 본 척 내버려두는 것들이 많죠. 이런 일을 몇 번 되풀이 하면서 깨달은 것은 '애써서 하는 일'은 오래가지 않는 다는 사실이었습니다. 일주일에 한 번 구두를 닦겠다고 결심해도 처음 한 번은 지켜지지만 두 번째가 쉽지 않거 든요.

차라리 그걸 받아들이고 '그러면 뭘 할 수 있지?' 하고 생각하는 편이 훨씬 마음 편합니다. '최소한 할 수 있는 일'을 꾸준히 하면 방치하는 것보다는 훨씬 깨끗한 상태를 유지할 수 있거든요. 차선책이라고 할 수 있는 방법은, 계절마다 한 번씩 구두를 닦는 일이라든지, 세탁기로 캐시미어 스웨터를 빠는 등 결코 올바른 방법이라고 하기 힘든 것들이죠.

하지만 그것이 '적당한 깨끗함'을 유지하는 최선의 방법이라면 그걸로 충분해요. 중요한 것은 오래 지속하는 일이니까요. 그 편이 훨씬 마음도 가볍고 기분도 좋은 데다 청결하게 살 수 있는 방법이라 생각합니다.

33. 중요한 일 앞두고 쇼핑하기를 그만두다

딱 이거다 싶은 옷을 만나기 전까진

지갑을 열지 말 것

급하게 산 옷은 한 번밖에 안 입게 된다

계절이 바뀌면 새 옷을 사고 싶어집니다. 잡지에서 예쁜 옷을 보거나 멋지게 차려입은 사람을 만나면 '나도 저런 셔츠를 사고 싶다' '저 팬츠가 멋진데' 하고 당장 쇼핑을 하곤 했어요. 하지만 따라 사고 싶었던 그 옷은 좀처럼 눈에 띄지 않습니다. 그렇지만 쇼핑 욕구에 이미 시동이 걸린 상태라 뭔가를 사지 않으면 직성이 풀리지 않지요. 결국 생각지도 않던 것을 사서 돌아와서는 '이건 아니야' 라며 후회하는 일이 많았어요.

소규모 파티에 초대받거나 토크 이벤트를 할 때면 마땅히 입고 갈 옷이 없다는 생각에 마음이 급해집니다. '이 옷은 벌써 몇 번이나 입었고, 원피스라도 새로 살까?' 하며 이리저리 가게를 둘러보지만 마음에 꼭 드는 옷을 만나기란 쉽지 않습니다. 이 정도면 되지 않을까 싶어서 산 옷은 결국 그때 한 번밖에 안 입게 되더라고요. 이런 실패를 거듭하며 알게 된 사실이 있습니다. 바로, 옷은 '찾기'가 아닌 '만남'으로 사는 것이라는 걸 말이에요.

가령 이번 봄에는 주름이 많고 가벼운 소재의 여성스

러운 원피스를 사고 싶다고 생각했다고 쳐요. 그런데 마음에 딱 드는 걸 찾지 못한 채로 토크 이벤트의 일정이 다가옵니다. 예전 같으면 억지로라도 새 옷을 샀겠지만, 요즘은 잘 참아냅니다. 마음에 드는 옷을 못 찾았으니 예전에 입은 옷이라도 괜찮다, 늘 다른 옷을 입어야 하는 건 아니야, 이렇게 생각하게 되었거든요.

그런데 그 토크 이벤트를 위해 찾은 애히메 현 오즈 시의 옷 가게 'Sa-Rah(사라)'에서 옅은 그레이 색의 원피스를 발견한 것 아니겠어요. 입어보니 느낌이 좋았습니다. 이거다 싶어서 바로 구입했지요. 그로부터 일주일 후 시마네 현의 편집숍 'Daja(다자)'에서 가벼운 블랙 원피스를 만나게 되었습니다. 시착해보니 얇은 소재가 부드러운 데다 초여름까지 입을 수 있겠다 싶었어요. 일주일 전에 옷을 샀지만 이번에도 역시 망설임 없이 구매했습니다.

이렇게 만난 옷은 '내가 찾던 바로 그 옷이야!'라며 구입하게 되니 실패하는 일이 거의 없습니다. 그 대신 옷과의 이런 만남이 있기 전까지는 절대로 사지 않는다는 규칙을 지키는 것이 대전제가 되어야지요. 게다가 '만남'에서 무언가를 얻으려면 다음에는 무엇이 필요한지를 머릿속에 정리해둘 필요가 있어요.

'Daja'의 주인장은 계절이 바뀌고 옷을 정리할 때면 '올해는 뭐가 부족했지?' 하고 살펴본 후 내년에 필요한 것을 마음속에 메모해둔다고 해요. 1년이 흘러가면 작년에 어떤 옷을 입었는지 잘 기억나지 않습니다. 그러니 계절이 끝나면 다음 쇼핑을 정해둔다는 말이었어요. 저도 즉시 따라서 다음 계절에 필요한 옷을 메모하고 있습니다.

멋진 옷을 만나는 것과 인생의 전기(轉機)를 맞이하는 것은 왠지 모르게 비슷하다는 생각이 들어요. 앞으로 나는 어떻게 살게 될지 생각해도 좀처럼 답이 나오지 않습니다. 지금까지 걸어온 길도 그때그때 부딪히는 대로 해온 결과니까요. 커다란 결단을 하고 자신의 의지로 인생의 항로를 개척하는 용기는 없었습니다.

이건 뭔가 아닌데, 조금 더 이렇게 하면 좋을 텐데 하고 오랫동안 고민하고 이상을 꿈꾸지만 그럼에도 좀처럼 현실에서 벗어나지 못했어요. 하지만 이렇게 되면 좋겠다며 계속 생각하다 보면 자연스레 길이 커브를 그리기 시작하며 조금씩 원하던 '그쪽'으로 가까워지는 것 같습니다.

직장에 다니던 시절부터 저는 줄곧 좋아하는 일을 업으로 삼고 싶다고 생각했고, 프리랜서 작가로 독립해서는 제가 흥미롭다고 생각하는 주제로 기사를 쓰고 싶었어요. 돌이켜보면 조금씩 '하고 싶은 일'이 형태를 갖춰간 느낌입니다.

그렇지만 이제부터 이렇게 해야겠다며 결심하고 시작한 일은 하나도 없어요. 다만 '이쪽'이 아니라 '저쪽'이 재미있어 보인다며 관심을 놓지 않거나 '내가 하고 싶은 일은 이런 걸지도 몰라'라는 막연한 생각을 가졌을 뿐이죠. 정답은 몰라도 계속 좇아가다 보면 언젠가는 '만남'이 찾아오는 법입니다. 지금 되돌아보면 그랬던 것 같아요.

그리고 확실히 말할 수 있는 건, 자신의 인생을 두근거리는 방향으로 이끌어주는 것은 '결심'이 아니라 '만남'이라는 사실입니다. 행복은 자신의 힘으로 낚아채는 것이 아니라, 그저 때가 되기를 기다리다가 툭 떨어지는 과실을 줍는 것이 아닐까 생각해봅니다.

34. 추리닝 생활을 그만두다

목 늘어난 티셔츠 대신
편하고 예쁜 옷을 집에서 입어보자
'형식'을 갖추면 '마음'이 따라온다

어느 주말, 오랜만에 남편과 드라이브를 갔습니다. 온천에 들렀다가 좀처럼 가지 못했던 고텐바의 도라야 공방을 찾았어요. 갓 만든 도라야키를 사서 저녁 무렵 집으로 돌아왔습니다. 곧바로 이웃에 사는 'gallery feve'의 운영자 히키타 부부에게 들러 도라야키를 나누어 드렸어요. 저녁 식사 시간이어서 민폐가 아닐까도 생각했지만, 갓 만든 것이니만큼 빨리 전해드리는 것이 좋겠다 싶어 자전거 페달을 열심히 밟았죠. 딩동, 하고 벨을 누르니 타센 씨와 가린 씨가 방긋 웃으면서 나와 주었어요.

그런데 그 순간 두 분의 모습을 보고 깜짝 놀랐습니다. 집에서 편하게 쉬고 있었을 텐데 멋진 스웨터를 입고 계신 거예요. 그 모습이 어찌나 멋있던지요.

집에 있을 때 저는 절대로 남에게 보일 수 있는 모양새가 아니거든요. 추리닝 바지에 구멍이 숭숭 뚫린 스웨터 차림. 택배 아저씨는 그나마 낫지만 누군가 아는 사람이라도 찾아오면 "잠깐만요!" 하고 옷을 갈아입지 않고는 집 밖으로 나갈 수가 없어요.

'그렇구나, 집에서도 좀 더 깔끔한 옷을 입고 있는 것이 좋구나' 하고 두 사람의 모습을 보고 반성했습니다.

기껏 샀는데 그다지 어울리지 않는 것 같아 자주 입지 않던 스웨터와 와이드팬츠를 옷장에서 꺼내 보았어요. 너무 꽉 끼지 않고 넉넉한 옷을 고르는 것이 포인트예요. 그러자 평소처럼 요리를 하거나 원고를 쓰고 있는 제 모습이 왠지 아름다워진 것 같아서 기분이 좋았습니다. 그 효과가 너무 커서 놀라울 따름이었지요. 옷차림이 다르면 이렇게 기분이 달라지는구나 싶었어요.

외출할 때 좋은 옷을 골라서 입는 건 당연하지요. 하지만 아무도 보지 않는 집에서 자신을 위해 멋을 내는 것, 그것만으로도 어깨가 펴지고 기분이 밝아지며 생활이 훨씬 윤택해진 기분이 듭니다.

젊었을 때 '겉모습을 꾸며봐야 내실이 없으면 아무 소용이 없다'는 어른들의 지적을 자주 들었는데 '겉모습이 갖춰지면 내실도 갖춰진다'는 것도 일리가 있다는 생각이 들어요. 우선은 '그릇'을 준비하고 그에 어울리는 '내용물'을 스스로 만들어가면 됩니다.

〈생활의 배꼽〉에서 《매일 매일 좋은 날》의 저자인 모리시타 노리코 씨를 취재한 적이 있습니다. 20대부터 다도를 계속해오고 있다는 모리시타 씨. 처음에는 다도에 대해 잘 알지 못했던 저자가 사계절의 흐름과 더불어 1년을 마무리하고 2년째를 맞이하면서, 전년과 같은 철이 되면 봄의 그릇에 봄의 과자와 함께 차를 마십니다. 《매일 매일 좋은 날》은 그런 체험을 통해 차를 알아가는 과정을 정성껏 담아낸 글이에요.

거기서 모리시타 씨는 세상에는 금방 알 수 있는 것과 금방은 알 수 없는 것, 두 종류가 있다고 말해요. '이 일은 어떤 걸 하는 일일까?' '내 힘을 발휘할 수 있는 곳은 어디일까?' '풍요로운 인생이란 뭘까?'처럼 세상에는 금방은 알 수 없는 것들이 많습니다.

모리시타 씨는 매주 다도의 날이면 방금까지 정신없이 일을 하다가도 '일상의 뿌리를 억지로 빼내듯이' 다도 교실로 간다고 해요. 아무것도 몰라도 그렇게 매주 반복하다 보면 점차 눈에 들어오게 되는 것이 있다고 합니다. 우선 '형태'가 있어야 하니, 먼저 그 '형태'를 만들어두면 거기에 차차 '마음'이 들어간다는 것. 그것이 다도라고 알려주셨어요.

　집에서 추리닝 차림을 그만두고 몸가짐을 갖추는 것. 그렇게 형태를 만들자 어떤 마음이 들어올지 기대되기 시작했습니다. 그리고 일에서도 생활 속에서도 '모르는 것'을 두려워하지 않고 '알아가는 과정'을 신나게 맛보고 싶어졌습니다.

셔츠를 넣어 입다

길을 다니다 보면 셔츠를 바지 안에 넣어 입는 스타일을 자주 보곤 합니다. 하지만 그건 젊은 사람들 이야기고, 저와는 무관하다고 생각했어요. 그런데 편집숍 'Daja'의 사장님께서 "우리 세대도 셔츠를 넣어 입으면 훨씬 깔끔해 보인답니다" 하고 알려주셨어요.

저는 위하수(胃下垂)가 있어서 식후에 아랫배가 볼록 튀어나옵니다. 그게 콤플렉스여서 셔츠나 니트로 배를 가리는 식으로 옷을 입었어요. 그러니 셔츠를 바지 안에 넣어 입으려면 상당한 용기가 필요한 일이지요..

그래서 일단 배가 두드러지지 않는 하의를 고르는 일에 착수했습니다. 이렇게 시작된 '상의 넣어 입기 작전'에 도전해보고 멋이란 익숙해짐이라는 것을 느꼈습니다. 처음에는 너무 부끄러웠던 이 스타일도 거리의 유리창에 비치는 제 모습을 보며 '괜찮네!' 하고 안심하며 점차 익숙해져갔어요.

지금은 오히려 그렇게 입는 편이 허리둘레가 날씬해 보이는 느낌도 드는 것을 보면, 남들도 그래서 바지 안에 넣어서 입는구나 싶네요. 통이 좁고 긴 바지를 입을 때는 살짝 셔츠를 밖으로 길게 빼내고, 두꺼운 셔츠를 입을 때는 스탠더드 셔츠를 넣는 식으로 스타일에 따라 옷 입는 방식도 바꾼답니다.

저는 책이나 잡지를 만들 때 가급적 처음 해보는 시도를 하려고 하는 편이에요. 하지만 무슨 일이든 처음 착수할 때면 부담이 크기는 하지요. '이렇게 하면 어떻게 된다'는 경험치가 제 안에 없다 보니 결과가 보이지 않고 불안해져요. 하지만 한걸음 한걸음 발 디딜 곳을 찾아가며 만들었을 때, 생각지도 못한 발견도 더 많고 내용도 재미있어진다는 사실을 경험 속에서 배웠어요.

맨 처음 시도는 제 안에 아직 보이지 않는 힘을 이끌어내주는 마중물 같은 건지도 몰라요. 그렇다면 이것을 거꾸로 이용해서 자신을 처음의 환경에 놓아보면 나도 몰랐던 새로운 나를 발견할 수 있을지도 모릅니다. 우리는 자칫 편하고 실패할 일이 없는, '이미 해본 일'을 고르기 쉽지만 중요한 것은 첫 한걸음입니다. 그 너머로 설렘이 가득한 길이 이어진다면 계속해서 처음이라는 문을 열어볼 용기가 생기지 않을까요.

나
오
며

나 자신의 결점을 고치려고 오랫동안 애써왔지만, 그건 사실 '나밖에 못하는 일'이라는 걸 깨달았습니다. 무언가를 그만두는 일은 지금껏 걸어온 길의 바로 옆에 '또 다른 길이 있다'는 사실을 깨닫는 과정이었습니다. 넓은 대로가 아니라 좁은 골목길을 걸어도 분명 다른 풍경을 바라보면서 목표 지점에 도달할 수 있어요. 그런 재미를 알고부터는 삶이 조금 편해진 것 같아요.

무언가를 그만두는 일은, 못 하겠다며 포기하는 것이기도 하지요. 그렇지만 그건 전혀 잘못이 아니라는 걸 나이가 들고서야 겨우 깨닫게 되었습니다.

사람은 저마다 할 수 있는 것과 못하는 것이 있어요. 누구라도 못하는 것이 있는 게 당연하지요. 그런데도 젊을 때는 못하는 것이 있으면 안 된다고 여기며 스스로를 몰아붙였습니다.

인생에 끝이 있다고 느끼기 시작한 인생 후반에 들어서서야 비로소 못하는 것을 어떻게든 해보려고 애쓰기보다는 가볍게 내려놓는 편이 훨씬 편하다는 사실을 알게 되었습니다. '못하는 일'을 그만둬보면 내 안의 힘을 통째로 '할 수 있는 일'에 쓸 수 있어요. 그러면 할 수 있는 일의 정밀도가 높아져서 더 잘하게 되지요.

그것이 바로 제가 찾아낸, 저를 더 효율적으로 쓰는 좋은 방법입니다. '할 수 있는 일'이라는 연료에 불이 붙으면 더 편하게, 더 멀리까지 기분 좋게 나아갈 수 있을 것 같아요.

Original Japanese title: OTONA NI NATTE YAMETA KOTO
Copyright © 2019 Noriko Ichida
Original Japanese edition published by Fusosha Publishing, Inc.
Korean translation rights arranged with Fusosha Publishing, Inc.
through The English Agency (Japan) Ltd. and Danny Hong Agency

어른이 되어 그만둔 것

2020년 12월 15일 초판 1쇄 | 2024년 1월 29일 초판 4쇄

지은이 · 이치다 노리코
옮긴이 · 황미숙

펴낸이 · 남연정
디자인 · ALL design group
펴낸곳 · 드렁큰에디터

출판등록 · 2020년 4월 20일 제2020-000042호
이메일 · drunken.editor.book@gmail.com
인스타그램 · @drunken_editor

ⓒ 이치다 노리코(저작권자와 맺은 특약에 따라 검인을 생략합니다)

ISBN 979-11-90931-20-5 (03810)